Querverlag

Pat Califia

Frauen und andere Raubtiere

Erotische Geschichten

Deutsch von Antje Wagner und Manuela Lachmann

Erste Auflage März 2009

Umschlag und grafische Realisierung von Sergio Vitale unter Verwendung eines Fotos von Cristina de la Madera (www.cristinadelamadera.com)
Gesamtherstellung: Finidr s.r.o.
ISBN 978-3-89656-164-0
Printed in the Czech Republic

Bitte fordern Sie unser Gesamtverzeichnis an:
Querverlag GmbH, Akazienstraße 25, D-10823 Berlin
http://www.querverlag.de

Pressestimmen

„Wenn du dachtest, schon jede Sexfantasie gehabt zu haben … Califia beschert eine neue, andere Welt von Sex."
Manuela Kay, L-MAG

„Der feuchte Traum eines jeden ungezogenen Mädchens."
Sarah Pettit, Out-Magazin

„Endlich! Das schriftliche Pendant zum Tom of Finland. Vorbei die Abende, an denen man Männerpornografie, ob hetero oder schwul, konsumierte, da man einer Frau ‚so was' nicht zutraut."
The Village Voice

„Califia hat es in sich! Ihre Geschichten fesseln, beflügeln und beunruhigen zugleich."
Bay Area Reporter

„[Califia] zwingt uns, die gängige Definition von Lesbensex neu zu überdenken."
Windy City Times

„Califia ist mehr als eine Autorin; sie ist eine politische Rebellin."
San Francisco Sentinel

„Pat Califia spielt die ganze sexuelle Bandbreite von Vanilla-Queens über lachkräftige Huren zu Isis-haften Göttinnen und *macho sluts* durch, überschreitet virtuos Raum, Zeit, Alter und Geschlecht und eröffnet uns die unglaubliche Weite des tabuisierten Spielraums."
Laura Méritt, Sexpertin und Betreiberin von Sexclusiviäten

Inhaltsverzeichnis

Der Autor

Pat Califia wurde 1954 als ältestes Kind einer Mormonenfamilie in Texas geboren. Sie studierte an der San Francisco State University Psychologie und arbeitet in der Ehe- und Familientherapie.

Califa war 1978 Mitbegründerin von Samois, einer lesbisch-feministischen Gruppe, die sich für die Rechte lesbischer Sadomasochistinnen engagierte.

Seit über dreißig Jahren betreibt Califia aktive sexuelle Aufklärung und nimmt gemeinsam mit Gayle Rubin, Tristan Toarmino, Camille Paglia, Betty Dodson und anderen eine Pionierrolle im sexpositiven Feminismus ein, einer Bewegung, die in den achtziger Jahren in den USA entstand und die auf der Idee gründet, dass sexuelle Freiheit ein grundlegender Bestandteil aller weiblichen Bestrebungen nach Freiheit und Gleichberechtigung sein sollte. Der sexpositive Feminismus lehnt soziale und rechtliche Bestrebungen ab, mit denen einvernehmliche sexuelle Aktivitäten zwischen Erwachsenen eingeschränkt werden sollen, und bezieht sich hierbei auf Bereiche wie Pornografie, Prostitution, sexuelle Orientierung, BDSM sowie Transsexualität und Transgender.

Mit Mitte vierzig wechselte Pat Califia ihr Geschlecht und lebt heute als Patrick Califia in Kalifornien.

Neben mehreren Erzählbänden (*No Mercy, Melting Point, Macho Sluts, Boy in the Middle, Hard Men*), Lyrik (*Diesel Fuel*) und Romanen (*Mortal Companion, Doc and Fluff*) veröffentlichte Califia geschlechterpolitische Sachbücher (*Speaking Sex to Power – The Politics of Queer Sex, Sex Changes – The Politics of Transgenderism, Public Sex – The Culture of Radical Sex*), Sachbücher zu lesbischer, schwuler und BDSM-Sexualität (in deutscher Übersetzung: *Wie Frauen es tun, Sinnliche Magie – Ein Leitfaden für abenteuerliche Paare, Das S/M Sicherheitshandbuch, Das schwule 1 x 1*). Sie hielt Vorträge, schrieb zahlreiche Kolumnen und Essays und ist Herausgeber/in von Anthologien und Sachbüchern.

Das Modell sollte Dolly heißen

Alles war anders geworden, seit der Krieg vorbei war. Beschissen war es geworden, dachte Ro und verzog das Gesicht, als sie die Zeilen der AZURE-Programmiersprache über ihren Monitor laufen sah.

Ro hatte die Mitte ihres Lebens bereits überschritten, aber da sie ohnehin nie zu solchen Hilfsmittelchen gegriffen hatte, die andere Frauen dazu benutzten, ihrer Eitelkeit zu frönen und die Aufmerksamkeit der Männer zu erregen, beunruhigte sie das nicht sonderlich.

Sie war stämmig, hatte kurzes Haar, das langsam grau wurde, und Schultern, die für das Schönheitsideal der Nachkriegsjahre zu breit waren.

Früher hatten in der gesamten Abteilung, einschließlich der Leitung, nur Frauen gearbeitet. Jetzt waren die Computer rechts und links von ihr mit Männern besetzt, und was den Abteilungsleiter anging … der war ein totaler Arsch. XY hoch zwei.

Die meisten ihrer Kolleginnen hatten bereits schlechter bezahlte Jobs in anderen Abteilungen angenommen oder die Firma ganz verlassen. Ro hatte versucht, mit einigen zu reden (vor allem mit der grünäugigen Rothaarigen, die sie immer zum Lachen gebracht hatte, und mit der süßen Baby Butch, die ständig versucht hatte, sich vor den Anrufen ihrer unter erotischen Sehnsüchten leidenden Verehrerinnen zu drücken), aber genauso gut hätte sie versuchen können, die Arterienblutung eines Bluters zu stillen.

Die Geschäftsleitung hatte Wind bekommen von Ros fiebrigen Versuchen, die anderen Programmiererinnen zu mobilisieren, irgendetwas zu tun, damit sie ihre Arbeitsplätze behalten konnten, selbst wenn das hieße, eine Gewerkschaft zu gründen. Jetzt waren Ros Tage gezählt. Pete, ihr Chef, hatte einen speziellen Zettel mit ihrem Namen an seinem Clipboard, und immer wenn er sie dabei ertappte, fünf Minuten zu spät zu kommen oder öfter als zweimal am Tag auf Toilette zu gehen, landete ein kleiner Strich auf seiner Liste.

Ro seufzte und rieb sich die Augen. Das Licht hier drin war schlecht für diese Art Arbeit, oder sie war vielleicht langsam zu alt dafür, den ganzen Tag über am Bildschirm zu hocken. Noch einmal versuchte sie, ihren neuesten Auftrag in einem Zug durchzulesen, ohne sich gleich von dem Drang, das Blatt zusammenzuknüllen oder anzuzünden, überwältigen zu lassen.

Man gab ihr nur noch die unmöglichsten Aufträge: alles, was todlangweilig war, was sie auf keinen Fall so programmieren konnte, wie der Kunde es sich vorstellte, oder einfach nur derart geistloses Zeug, dass es demütigend war, sich da durchzuquälen. Doch noch nie hatte man etwas so Widerwärtiges von ihr verlangt wie das hier: Sie sollte die Software für eine vollautomatische Sexsklavin überarbeiten.

Dieses Modell sollte Dolly heißen. Auf einem Markt voller Männer, die gerade aus dem Kriegsdienst heimkehrten und die mit ihren Frauen, die fast ein Jahrzehnt lang ganz gut ohne ihre Gesellschaft ausgekommen waren, nicht mehr umzugehen wussten, würde Dolly ein Bombengeschäft sein.

Ro schaffte es tatsächlich, die Bedienungsanleitung für Dolly durchzulesen, ohne ihre Fäuste zu ballen und wieder mal eine obszöne und rebellische E-Mail unter einem ihrer vielen virenverseuchten Nicknames an den Geschäftsführer zu schicken.

Doch dann kam Pete vorbei, unmelodisch vor sich hinpfeifend und sein Clipboard schwenkend, und futsch war ihre Chance, in den Himmel zu kommen. Er machte an ihrem Schreibtisch halt und grinste in sich hinein. Er stand zu dicht, schaute über ihre Schulter und las laut mit: „Dolly verkörpert den Traum eines jeden Mannes. Diese wollüstige, vielseitig einsetzbare, hinreißend unterwürfige Gefährtin wird Ihnen beweisen, dass Sie der Herr im Hause sind."

Mit seinem dicken, behaarten Finger tippte er auf die beigefügte Abbildung von Dollys Körper. „Warum sehen Sie nicht so aus, Ro? Dann bräuchten Sie gar nicht zu arbeiten. Sie könnten den ganzen Tag herumsitzen, auf Daddy warten und die Muschi schön weit aufmachen. Normale Frauen machen das nämlich so. Die werden durchgevögelt und finden das toll. Die rennen nicht wie Trampeltiere herum. Wann werden Sie das endlich mal kapieren, Ro? – Das hier ist Männerarbeit. Ihnen fehlt einfach die *Ausrüstung*, die man braucht, um es richtig machen zu können. Ich wette, Sie haben geglaubt, dass die anderen Schlampen, die hier gearbeitet haben, sich für Sie einsetzen würden, aber wissen Sie was? Heute haben noch zwei von den kleinen Fotzen das Handtuch geworfen. Frauen haben eben keinen Teamgeist, Ro. Anders als ich und meine Jungs hier."

Er beugte sich nach rechts und links und klopfte den Männern auf die Schultern. Die sagten kein Wort, sahen nicht mal auf, und aus irgendeinem Grund hinterließ das ein noch mieseres Gefühl in ihr, als wenn sie auf die Beleidigungen eingegangen wären. Jetzt fühlte es sich an, als wäre sie unsichtbar. Oder so klein wie ein Käfer, den man ohne Weiteres quälen und zerdrücken durfte.

„Fick dich, Pete!", knurrte sie.

Er schenkte ihr ein seliges Lächeln und setzte einen weiteren Strich auf die Liste. Diesmal drehte er das Clipboard herum und zeigte es ihr. Schwarze Striche bedeckten mehr als das halbe Blatt.

„Rat mal, was passiert, wenn wir unten angekommen sind." Er grinste sie an. „Dann bist du dran … dann gehört dein Arsch mir." Er fasste sich in den Schritt und ging davon, falsch pfeifend, ohne Ziel und so harmlos wie die Syphilis.

Ro griff nach der Schreibtischkante und hielt sich daran fest. Sehr fest. Sie versuchte, tief durch die Nase einzuatmen und die Luft langsam durch den Mund wieder ausströmen zu lassen. Ein. Aus. Ein. Aus. Nach und nach gelang es ihr, ihre Bauchmuskeln zu überreden, sich wieder zu entspannen, ihre Schultern, sich zu lockern.

Sie würden sie also feuern. Okay. Sie würden sie feuern. Zum ersten Mal verspürte sie so etwas wie Einverständnis, während die unvermeidbare Tatsache in ihr trotziges Hirn sickerte. Allerdings würden sie ihr eine Abfindung und die Höchstdauer an Arbeitslosengeld von neunzig Tagen zahlen müssen. Würde sie selbst kündigen, bekäme sie nichts. Sie brauchte das Geld, einen Betrag, der hoch genug war, sich etwas Hoffnung zu erhalten. Hoffnung, einen anderen Job zu finden, wo sie nie wieder dem boshaften Blick dieses Mannes ausgesetzt sein würde.

Arbeit war schon immer ihre Rettung gewesen. Was war denn, als der Krieg ausgebrochen war und man jederzeit durch nukleare oder biologische Waffen hätte getötet werden können? Du bist morgens aufgestanden, dachte sie, hast geduscht, einen Kaffee getrunken, dir ein paar Brote geschmiert und bist zur Arbeit gegangen, als wäre alles beim

Alten. Was war, als deine Freundin dich wegen einer anderen verlassen hatte, einer mit mehr Geld, einem Auto und den nötigen Methangas-Marken? Du hast Überstunden gemacht, und dein Konto ist gewachsen. Egal, ob du einen Durchhänger hattest, krank warst, deprimiert, sauer, verletzt oder einsam, dachte sie, immer hast du pünktlich an deinem Schreibtisch gesessen. Wie, die Militärpolizei hat deine Lieblingsbar dichtgemacht? Wegen der subversiven Elemente, die dort ständig rumhingen, und jetzt weißt du nicht mehr, wohin mit dir am Wochenende? Die staatliche Bundesbehörde für Druckangelegenheiten hat die Zeitschrift eingestellt, die dein Gedicht drucken wollte, und es mit dem Fehlen moralbildenden Inhalts und der herrschenden Papierknappheit begründet? Scheiß drauf, und schlag auf die Stechuhr! Arbeit war der Dreh- und Angelpunkt. Die zehn Stunden pro Tag an sechs Tagen die Woche waren es, die Ros Leben verankerten.

Und so wendete sie sich erneut dem Blatt mit Dollys technischen Angaben zu und versuchte, dieser widerlichen Aufgabe, ein Abspritzspielzeug für irgendwelche Arschlöcher herzustellen, die mit echten Frauen anscheinend nicht klarkamen, irgendetwas Positives abzugewinnen. Aber halt – das wäre doch was! Vielleicht könnte Dolly ja der ein oder anderen echten Frau das Schicksal ersparen, einen Idioten ertragen zu müssen. Hmm. Hatte der Generalpräsident vielleicht das gemeint, als er bekannt gab, dass Frauen, die nach dem Kriegssicherheitsgesetz verhaftet worden waren, ihre Strafen in Militärbordellen in Übersee verbüßen müssen?

„Diese Verräterinnen werden sich dadurch reinwaschen, dass sie die Tugend der amerikanischen Frauen schützen, die zu ihrem Vaterland stehen, und die Heiligkeit der amerikanischen Familie bewahren."

Plötzlich empfand Ro Mitleid mit Dolly. Androiden, wusste sie, hatten keine Gefühle, aber denselben Scheiß behaupteten die Leute auch von Katzen und Hunden. Wie grauenhaft, wenn sie nun doch etwas empfinden würden!

Und diese … Kreatur … sollte jetzt so programmiert werden, dass sie auf die Art und Weise reagierte, in der sie behandelt wurde. Natürlich würde sie so *aussehen*, als ob sie Gefühle wie Liebe, Glück, Kummer oder Angst erlebte. Und sie würde sich auch so *verhalten*, als ob sie Vergnügen oder Schmerz empfand, Hitze oder Kälte spürte oder Berührungen wahrnahm, Geschmack und Geräusche.

Wie war das gleich noch mal: Frauen können nicht zusammenhalten? Können sich nicht gegenseitig beschützen? Ro nickte. Gerade war Dolly ihre einzige weibliche Gesellschaft. Es war, als hätte sie eine kleine Schwester. Und eine kleine Schwester konnte man nicht unvorbereitet in die reale Welt mit all ihrer Schlechtigkeit hinausschicken.

Ro pfiff vor sich hin und begann mit den Tasten zu klappern. Während sie arbeitete, kicherte sie von Zeit zu Zeit. Die rechts und links von ihr sitzenden Programmierer, die beide vor sechs Wochen wahrscheinlich noch in der Uniform gesteckt hatten, beachteten sie genauso wenig, wie sie Pete beachtet hatten, als er sich wie ein Hund aufgeführt hatte, der sich die Eier leckt. Sie hatten ihren Armeehaarschnitt einfach herauswachsen lassen, ohne sich die Mühe zu machen, sich eine zivile Frisur zuzulegen. Der eine hatte eine Narbe, die rund um seine Schädeldecke verlief. Der andere hatte einen seltsamen Gang, hielt den Kopf seitlich, zur linken Schulter hingezogen. Ro wollte lieber nicht darüber nachdenken, was ihnen zugestoßen war, während sie Demokratie und Christentum zu den Ölfeldern des Nahen Ostens brachten.

Eine Modifizierung von Dollys Persönlichkeit musste vorsichtig und heimlich geschehen; die Veränderungen durften sich nur unter bestimmten Bedingungen zeigen. Abgesehen von einer kurzen Affäre mit einer Frau, die eine

Vorliebe für Margaritas und Spanking gehabt hatte, hatte Ro keine großen Erfahrungen mit diesem ganzen SM-Zeug, aber über die Jahre, in denen sie Lesben- und Schwulenbars besuchte, hatte sie ein feines Gespür für Hierarchien entwickelt. Außerdem hatte sie eine altmodische Vorstellung von Loyalität.

Wenn jemand vor dir auf den Boden sinkt und deine Stiefel küsst, dann solltest du etwas verdammt Großartiges geleistet haben, um so ein Geschenk zu verdienen. Dolly sollte keinem gehören, der sie nicht richtig behandelte. Nicht wirklich. Dafür würde sie, Ro, sorgen. Wie hatte Pete sie genannt, Trampeltier? An diesem Rechner hier hatte sie ein paar Tricks gelernt, Tricks, die der Firma nicht gehörten. *Der Firma gehörte verdammt noch mal gar nichts.*

Charlene sortierte die Zeitschriften auf dem Couchtisch und ignorierte den Staub darunter. Sie ging in die Küche, übersah das schmutzige Geschirr und das irgendwie klebrige Linoleum, stellte sich ans Fenster, seufzte und wartete. Die Abendsonne stand gerade im richtigen Winkel und warf ein schwaches Bild von ihr zurück.

Sie war groß. Alle Frauen in ihrer Familie waren groß. Die Jahre harter körperlicher Arbeit hatten ihr einen schweren, aber festen Körper gegeben. Sie atmete tief in den Bauch und zog die Schultern zurück, um das hervorzuheben, was ihre Mutter Eieruhrfigur nannte. An Tagen wie diesen kam es Charlene allerdings vor, als hätte sie einfach nur große Titten und einen fetten Arsch. Sie hatte Angst davor, schwammig zu werden und Fett anzusetzen. Ihre Mutter und Großmutter waren im Alter aufgegangen wie Hefeklöße.

Erst neulich hatte sie sich Strähnchen in ihr blondes Haar machen lassen. Dort im Schönheitssalon, umgeben von chemischen Gerüchen, dem Geräusch der Haartrockner und dem ansteckenden Gelächter und Getratsche der anderen Frauen, war sie sich kühn und fast schön vorgekommen. Jetzt fand sie sich nur noch albern, als hätte sie etwas Verzweifeltes und Lächerliches getan.

Sobald sich das Gerücht verbreitet hatte, dass ihr Ehemann aus dem Kriegsdienst verabschiedet worden und auf dem Weg nach Hause sei, hatte Charlene ihre Stelle auf der Schiffswerft verloren. Man nannte es *Pflichturlaub für Ehefrauen.* Er galt als Gefälligkeit, und die Arbeitgeber zogen einem sogar etwas vom Gehalt ab. Wenn dann die sechs Monate um waren, durfte man sich wieder um den alten Arbeitsplatz bewerben, doch Charlene wusste, dass ihre Tage als Schweißerin vorbei waren.

Dass sie jetzt tagsüber zum Friseur gehen konnte, war kein Ersatz. Sie fühlte sich einfach komisch dabei, den ganzen Tag abzuwaschen, nachdem sie früher einmal Löcher an Kriegsschiffen geflickt hatte, die größer waren als sie selbst. Seit dem Mittagessen hatte sie sich nicht ein einziges Mal die Mühe gemacht, ihr blondes Haar mit den aufgehellten Strähnchen zu bürsten. Und sie würde verflucht noch mal nie wieder Reizwäsche anziehen.

Jason und sie hatten vor acht Jahren geheiratet. Viele Paare heirateten damals gleich nach der Schule. Jeder frisch Verheiratete bekam drei Wochen geschenkt, bevor er sich zum Wehrdienst melden musste. Sie waren sechzehn gewesen und sehr verliebt. Mit seinem dunklen Haar und den blauen Augen war er unglaublich süß gewesen. Wenn Jason ein Lied aus dem Radio mitgesungen hatte, wollte man lieber ihm als dem Radio zuhören. Anders als viele ihrer Freundinnen war sie während der Flitterwochen nicht schwanger geworden. Vielleicht war das ja ihr Problem. Es hieß doch, ein Baby helfe einem dabei, sich mit dem Mann verbunden zu fühlen und den Zauber in der Ehe zu bewahren.

Von Zeit zu Zeit hatte sie Formbriefe von der Armee erhalten, in denen man ihr angeboten hatte, tiefgefrorenes „Zeugungsmaterial“ an ihren Hausarzt zu schicken, damit sie schwanger werden konnte, auch wenn Jason nicht bei ihr war. Sie wusste ja, dass es wichtig war, die Bevölkerungszahl stabil zu halten. Doch der Gedanke, ein Baby auf dem gynäkologischen Stuhl zu empfangen, mit den Füßen in kalten Metallbügeln und einem Spekulum in Einheitsgröße in ihrer Vagina, war nicht besonders reizvoll.

Sie fühlte sich noch immer schuldig deswegen, vor allem, wenn sie an das unbeholfene Wiedersehen mit Jason dachte. Sie wusste, sie hätte aufgeregt und glücklich sein sollen, ihn wie einen Helden empfangen müssen. Doch dieser tief gebräunte, muskelbepackte, zornige Mann, der auf dem Flughafen auf sie zugekommen war, war nicht der Junge aus ihrer Erinnerung gewesen. Der Jason von damals hatte sie zum Lachen bringen können. Er war ein fantastischer Tänzer gewesen. Football war nicht so seine Sache gewesen, aber er hatte einen schönen Körper gehabt und war nett gewesen. Der schroffe Fremde schien seinerseits nicht besonders froh gewesen zu sein, sie zu sehen. Seit Jason zurück war, hatte er nichts anderes getan, als an allem herumzukritisieren: an ihrer Frisur, an der Art, wie sie den Haushalt führte, an ihren Koch- und Liebeskünsten.

Um die Wahrheit zu sagen, er machte ihr Angst. Er war viel zu aggressiv und die ganze Zeit so angespannt, selbst wenn sie Sex hatten, so als müsste er etwas Grauenhaftes zurückhalten, was ihn (und sie) töten würde, sollte es ausbrechen. Es verging keine Nacht, in der er nicht schweißüberströmt und schreiend erwachte. Am Morgen aber erinnerte er sich nie an das Entsetzen in der Nacht, und nie wollte er darüber sprechen. Er hetzte durch den Liebesakt, als wäre es eine Qual, und nie sah er ihr in die Augen dabei, nie küsste er sie. Charlene fragte sich, ob sie seit der Affäre mit Angie, die auch auf der Werft gearbeitet hatte, nicht mehr empfänglich war für männliche Aufmerksamkeit.

Wenn sie könnte, würde sie sich scheiden lassen, in eine andere Stadt ziehen und neu anfangen. Sie würde die Westküste hinter sich lassen und den Bus zurück nach Atlanta nehmen. Irgendwo musste es doch Jobs für Frauen wie sie geben. Sie konnte Fähigkeiten vorweisen und besaß Erfahrung. Doch das *Gesetz zur Stärkung von Moral und Kampfgeist*, das auch den *Pflichturlaub für Ehefrauen* hervorgebracht hatte, verbot es, sich von jemandem, der in der Armee gedient hatte, scheiden zu lassen. Der Generalpräsident wollte seinen Männern die Sicherheit geben, dass zu Hause alles in Ordnung war, während sie ihrem Land dienten.

Da hörte sie das Geräusch von Jasons Motorrad und zuckte zusammen. Augenblicklich fielen ihr alle Arbeiten ein, die sie nicht erledigt hatte, und sie stand voller Panik mitten in der Küche. Aber es war sinnlos, darüber nachzudenken, ob sie hätte verhindern können, was jetzt passieren würde, wenn sie ihre Pflichten ernster genommen hätte. Das Geschirr war Jason nie sauber genug, die Kanten der Bettdecke nie akkurat genug. So wie sie selbst ihm nie hübsch genug war und sich nie stürmisch genug freute, ihn zu sehen.

Er kam langsamer als sonst in die Küche, obwohl die Armeestiefel, die er noch immer trug, polterten. Er schleppte sich mit einem großen Paket ab. Wie hatte er das bloß auf dem Motorrad nach Hause transportiert? Er warf ihr einen abschätzigen Blick zu und sagte höhnisch: „Ein Schwein im Stall hat mehr Stolz als du! – Hör zu, Schätzchen, dein Leben wird sich dramatisch verbessern. Ich hab heute meinen Gefahrenzuschlag bekommen und mir davon das Einzige geleistet, was dieses Scheißhaus von Ehe vielleicht erträglich macht. Ich zieh ins Gästezimmer. Komm mir nicht in die Quere, und ich komm dir nicht in die Quere."

Charlene hatte gar keine Chance, ihm „in die Quere" zu kommen oder zu protestieren. Er war bereits im hinteren Teil des Hauses und hatte die Tür hinter sich zugeknallt. Einmal noch kam er heraus, um sich ein Bier und seinen Werkzeugkasten zu holen, wobei er sie demonstrativ ignorierte.

Sie beschloss, ihre Schwester anzurufen. Vielleicht hätte sie ja Lust, ins Kino zu gehen. Aber es war besetzt. Das hab ich nun davon, dass ich dir einen Job besorgt hab, dachte Charlene mit einem säuerlichen Lächeln.

Sie legte ein Video ein, aber das konnte sie nicht von dem Lärm aus Jasons neuem Quartier ablenken. Da waren Klatsch-, Quiek- und Lutschgeräusche. Neue, heftigere Klatschgeräusche und Gebrüll. Sie schämte sich vor sich selbst, weil sie erleichtert war, dass er wenigstens nicht sie anbrüllte. Dann waren da unverkennbare Fickgeräusche. War es nur Einbildung, oder bebte das Haus wirklich bis ins Fundament hinein?

Sie hatte nur eine Seite des Pakets gesehen. Auf der Pappe hatte in Großbuchstaben *Nur für Erwachsene* gestanden. Was, verdammt noch mal, trieb Jason da? Ratlos schlief sie auf der Couch ein.

Sie wurde wach, als er sich zur Arbeit fertig machte.

„Die Tür ist abgesperrt. Wenn du keinen Ärger willst, versuch nicht, daran rumzubasteln", warnte er sie, bevor er hinausstürzte und die Tür hinter sich zuknallte. Wie viel Misshandlung konnte eine Haustür eigentlich aushalten, ohne kaputtzugehen? Das Geräusch seines sich entfernenden Motorrads war das Signal für sie, sich von der Couch zu erheben und nachzusehen, was er wohl mit der abgesperrten Tür gemeint haben könnte.

Charlene musste über das Vorhängeschloss und den Riegel lachen. Von Zeit zu Zeit hatten sie und die anderen Schweißerinnen große, rauschende Partys an Bord der Schiffe gefeiert, die sie gerade wieder flottmachten oder von Grund auf neu aufbauten. Um zu den verankerten Schiffen in der Hafenanlage zu gelangen, musste man ein bisschen an den Toren herumfummeln. Da zahlte es sich aus, wenn man das ein oder andere Schloss knacken konnte. Es brachte einem alle möglichen Geschenke ein: den Scotch aus dem Spind vom Boss, einen Blick auf die Personalakte, Gratiswerkzeug. Die Rüstungsbetriebe hatten unbegrenzten Zugang zu Benzin, Zucker und Farbe, zu Papier, Amphetaminen und Neocillin, zu überhaupt jeder Mangelware, mit der man auf dem Schwarzmarkt einen guten Preis erzielen konnte.

Seit damals besaß Charlene eine kleine Ledertasche mit einem kompletten Pick-Set darin. Der Besitz solch illegaler Werkzeuge galt als Verbrechen, schwer genug, sie ins Militärbordell zu bringen, sollte sie erwischt werden. Aber was ist schon ein Leben ohne Risiko? In null Komma nichts hatte sie das Schloss geknackt, ohne es zu beschädigen. Es würde sich wieder schließen lassen, sobald sie untersucht hatte, wofür Jason seine Zulage ausgegeben hatte, und er würde nie etwas davon erfahren.

Sie war sich nicht sicher, was sie eigentlich erwartet hatte. Einen Beamer vielleicht, dazu eine ganze Bibliothek jugendgefährdender Videos und einen Neuronennetz-Ganzkörperanzug. Oder eine Art Staubsauger – nur mit allem möglichen vibrierenden, penetrierenden, saugenden, zwickenden und klatschenden Zubehör. Es war nichts dergleichen.

Es war ein Mädchen. Sie war ans Bett gefesselt, so fest, dass die Haut unter dem dünnen Seil ganz rot war. Sie war hübsch, mit schulterlangem blauschwarzem Haar, das sich an den Enden kringelte. Ihre großen Brüste trotzten dem Gesetz der Schwerkraft und standen steil nach oben, obwohl sie flach auf dem Rücken lag. Ihre Brustwarzen hatten dieselbe Farbe wie ihre Lippen und Fingernägel. Die Seile, die ihre Brüste einschnürten und sich ins Fleisch gruben, führten herab zu den Schenkeln, und Charlene, die ihren Blick langsam den

Seilen nach unten folgen ließ, entschied sich dann, auch alles andere an der Frau genau in Augenschein zu nehmen.

Eine Pussy ohne ein einziges Härchen sah einfach unanständig aus, dachte sie. Mädchen hatten ein Recht auf das bisschen Sittsamkeit, das Mutter Natur ihnen mitgegeben hatte. Diese Klitoris schien darum zu betteln, gebissen zu werden.

Charlene versuchte, ihre obszönen Gedanken in den Griff zu bekommen, und zwang sich zu einer etwas zurückhaltenderen Untersuchung. Die Beine waren die eines Showgirls, Beine zum In-die-Luft-Werfen, und die Schenkel hatten diese bestimmte Fülle, die einen schon wieder einzuladen schien, hineinzu… vergiss es, Charlene! Das gefesselte Mädchen hatte eine vollkommene Pfirsich-Sahne-Haut, eine niedliche, kleine Nase und große, dunkle Augen, die einem förmlich das Herz zerrissen. Gerade jetzt standen Tränen in diesen Augen, an denen das Bündel schmutziger Unterwäsche schuld war, das in ihren Mund gestopft und festgeschnürt worden war.

Charlene wusste nicht, was sie tun sollte. Sie spürte widersprüchliche Impulse in sich, und obwohl jeder darauf hinauslief, das Mädchen loszubinden, war ihr nicht klar, ob sie das wollte, um die Wunden des Mädchens zu versorgen und ihr die Tränen zu trocknen oder um sie die Treppe hinabzustoßen und aus dem Haus zu jagen.

Den Trick mit dem Vorhängeschloss konnte sie verbergen, aber sie war sich nicht sicher, ob sie Jasons Fesselkünste imitieren konnte. Er würde es merken, dass seine raffinierten Knoten irgendwie verändert worden waren. Wenn sie jedoch nur den Knebel lockerte, würde er vielleicht nichts mitkriegen. Nur ein großer, einfacher Kreuzknoten hielt ihn an Ort und Stelle. Sie rümpfte die Nase über diese Inkonsequenz in seiner Arbeit und zog das zwischen die Kiefer des Mädchens gestopfte Stoffknäuel hervor.

Wie zum Teufel hatte Jason es bloß geschafft, sie hereinzuschmuggeln? Dieses auffällige Getue mit dem Paket war bestimmt nur Ablenkung gewesen. Mein Gott, er war einfach zu lange in der Saharasonne gewesen und hatte dort seinen Verstand verloren. Entführung! Es war nicht zu fassen – was würde er denn als Nächstes anstellen?

Das dunkelhaarige Mädchen lächelte sie an, sie strahlte Gelassenheit und Freude aus. Dieser unpassende Gesichtsausdruck brachte Charlene völlig durcheinander.

„Ähm … möchtest du ein Glas Wasser?“, fragte sie.

„Wenn Sie es wollen“, erwiderte das Mädchen.

Die Stimme klang verführerisch und doch irgendwie unschuldig. Sie hatte einen undefinierbaren britischen Akzent, der beruhigend und doch etwas formell wirkte, so wie bei den Leuten in *My Wild English Rose,* Charlenes Lieblingsserie. Der Mund des Mädchens war granatapfelrot, und sie hatte eine dieser vollen Unterlippen, in die man am liebsten hineinbeißen wollte. Charlene brachte ihr ein Glas Wasser und fühlte sich idiotisch, weil sie sich um Jasons Affäre sorgte, und da spielte es keine Rolle, dass das Mädchen gegen ihren Willen festgehalten wurde.

Nachdem das Mädchen getrunken hatte, räusperte sich Charlene und sagte: „Wer zum Teufel bist du, und wie bist du hier reingekommen? Ich meine, wenn du in Schwierigkeiten steckst, helfe ich dir. Dir ist doch aber klar, dass das hier verdammt seltsam aussieht?“ Warum nur hatte sie das Gefühl, sich rechtfertigen zu müssen? War sie so eingeschüchtert, seit sie mit Jasons üblen Launen leben musste?

„Ich heiße Dolly“, sagte das Mädchen. „Ich bin vollausgerüstet, um jede Ihrer dominanten Fantasien wirklichkeitsgetreu zu erfüllen. Wenn Sie mich benutzen, sind nur sehr wenige Grenzen zu beachten. Darf ich Mistress zu Ihnen sagen?“

Wieder dieser Akzent. Wie bezaubernd … Die dunklen Augen, die Charlene ansahen, waren so vertrauensvoll, und es lag etwas darin, das wie Liebe aussah. Das war einfach zu viel. Charlene antwortete nicht und stopfte den Knebel schnell in

Dollys Mund zurück. Die automatische Sexsklavin akzeptierte das so ruhig wie ein Pferd das Zaumzeug. Sie protestierte auch nicht, als Charlene das Seil um ihr Gesicht schlang, mit einem Kreuzknoten endete und dann das Zimmer verließ. Wenn die Herrin wollte, dass sie gefesselt und allein in einem stillen Raum lag, würde sie das ertragen und glücklich sein. Ob Dolly die Dinge wirklich so sah?

Charlene hatte von solchen Automaten gehört, von Androiden, die Menschen sexuelle Dienste leisteten, aber sie hatte nicht gewusst, dass es sie auch in der perversen Ausführung gab, und konnte sich nicht vorstellen, wie viel das Ding gekostet haben mochte. *Sie.* Wie viel *sie* gekostet haben mochte. Obwohl sie sich sagte, dass Dolly nur eine Maschine war, konnte sie es nicht ändern, dass sie eine andere Frau in ihr sah, ein junges Mädchen, das von einem Mann, den Charlene langsam zu hassen begann, brutal behandelt wurde.

Charlene ertrug die bizarre Situation ein paar Tage lang. Anfangs ignorierte Jason sie, dann bekam er schlechte Laune, als ob sie etwas getan hätte, was ihn nervte. Sie ließ sich nicht provozieren und erledigte nur das Nötigste an Wäsche und Kochen, gerade so viel, dass er sie in Ruhe ließ. Nachts verschwand er, und Charlene ertappte sich dabei, wie sie von dem Moment an, wenn er sich mit Dolly einschloss, praktisch an der Tür klebte. Was sie vernahm, war schlichtweg ungeheuerlich. Dolly aber beschwerte sich nie. Nie gab sie eine pampige Antwort, und nie reagierte sie anders als mit Zuneigung und hingebungsvollem Entzücken.

Doch so wütend es Charlene auch machte, dass er sie mit einer blöden Maschine betrog – sie hätte die Beherrschung verloren, hätte Dolly nur einmal protestiert oder sich gewehrt.

Die schrille Stimme eines bedrängten Mädchens hatte Charlene von jeher verrückt gemacht. Schon in der Grundschule war sie ständig in Streitereien geraten und hatte jüngere Mädchen von irgendwelchen Brutalos befreit. Als sie älter wurde, hatte sie feststellen müssen, dass nicht alle Mädchen von den Jungs, die sie tyrannisierten, auch gerettet werden wollten, und das hatte sie sehr verwirrt. Sie war noch immer überzeugt, dass es ein lausiger Anfang für eine Beziehung war, sich von einem Typen in den Pool schubsen oder das Portemonnaie klauen zu lassen.

Wenn sie genauer darüber nachdachte, war es gerade dieser Beschützerinstinkt gewesen, an dem sich ihre Affäre mit Angie entfacht hatte. Dieser wandelnde Pavian von Chef hatte Angie in die Ecke gedrängt, und Charlene hatte das Gerangel gehört, als sie gerade die Nachmittagsschicht beendete. Sie wusste nicht, wer von ihnen dreien am meisten überrascht war, als sie ihm mit der Faust ins Gesicht schlug. Natürlich hatte er niemandem erzählt, dass er von einem Mädel aus seiner Abteilung zusammengeschlagen worden war. „Das war das Beste, was ich je getan hab", flüsterte Charlene.

Dass eine Prise Gewalt ein herrliches Aphrodisiakum war, merkte sie, als sie mit Angie im Bett lag. Eigentlich war es ein Wunder gewesen, dass sie es überhaupt bis ins Schlafzimmer geschafft hatten. Gleich als sie in Charlenes Transporter eingestiegen waren, hatte Angie die Zunge tief in ihren Mund geschoben. Krieg war nicht *immer* die Hölle.

Doch das mit Angie war lange vorbei. Innerlich war sie keine starke Person gewesen. Dinge, die andere Menschen nur störten, konnten Angie bis ins Mark erschüttern. Schließlich hatte sie das Bild einer moralisch gefestigten, hart arbeitenden Frau, die sich fröhlich selbst aufopferte, nicht länger aufrechterhalten können. Nach ihrem Nervenzusammenbruch war sie nicht mehr zurückgekehrt. Einige Menschen waren einfach nicht für eine Welt wie diese geschaffen, die der Hölle zu nah und zu weit vom Himmel lag.

Charlenes Schwester war noch erwerbstätig und hatte nicht viel Zeit für Spaß und Unterhaltung. Wie hatte eine halbwegs intelligente und kompetente Frau vor dem Krieg mehr als zwei Stunden täglich für den Haushalt aufwenden können? Langeweile und Einsamkeit gaben Charlene das Gefühl, ständig gegen den Sumpf der Depression ankämpfen zu müssen.

Egal! Jetzt gab es einen Ausweg, und Charlene nutzte ihn auch! Sobald Jason zur Arbeit gefahren war, brach sie das Schloss auf und besuchte seine elektronische Konkubine. Schnell stellte sie fest, dass es nicht schwer war, seine Knoten zu kopieren. Dolly zeigte ihr, wie es ging. Sie hatte ein ausgezeichnetes Gedächtnis, und als Charlene sie dafür lobte, errötete sie. Nach und nach wurde Charlene mutiger und forderte Dolly auf, aus dem Gästezimmer herauszukommen. War das gemeinsame Schaumbad und die anschließende schöne lange Massage ihre eigene Idee oder war es Dollys gewesen? Charlene ertappte sich dabei, wie sie ungeduldig darauf wartete, dass Jason aufstand und zur Arbeit fuhr, damit sie mit ihrer neuen Freundin plaudern konnte. Dolly lachte über all ihre Witze. Es machte ihr auch überhaupt nichts aus, die Hausarbeit zu erledigen. Eher machte es Charlene etwas aus. Sie wollte ihre gemeinsame Zeit lieber mit Frisieren und Schminken verbringen, dabei herumalbern oder sich ein Video ansehen und dabei gemeinsam über die Werbung lästern.

Die Art und Weise, in der Jason sein neues Spielzeug behandelte, eskalierte schnell. Eines Nachts vibrierte die Zimmertür von Bewegungen, die nichts mit Ficken zu tun hatten. Schüttelte er sie etwa?

„Verdammt noch mal, ich hab dir befohlen zu weinen!“, schrie er. „Sag mir, dass ich dir wehtue. Sag mir, dass ich aufhören soll!“

„Ich würde mich Ihnen nie widersetzen, Meister“, sagte Dolly, und ihre Stimme klang heiser vor Ehrlichkeit. „Ich gehöre Ihnen. Sie können mit mir machen, was Sie wollen.“ Charlene wusste, dass sie die Wahrheit sagte. Dolly hatte es ihr bewiesen. Einer Androidin den Hintern zu versohlen, war nicht das Gleiche wie bei einem Menschen. Nicht wirklich. Dolly schien zwar blaue Flecken zu bekommen, aber sie verblassten innerhalb von Stunden, und wenn man ihren Hintern mit einer Haarbürste oder einem Stock bearbeitete, kicherte sie nur und wackelte herum, sonst nichts.

„Er hat Ihnen wehgetan", hatte Dolly zu Charlene gesagt. „Es macht mir nichts aus, wenn Sie es an mir auslassen. Ich will Ihnen helfen, sich besser zu fühlen, Mistress. Ich glaube, Sie wissen gar nicht, wie schön Sie aussehen, wenn Sie erregt oder wütend sind. Es elektrisiert mich. – Oooh, ja, genau so. Ooh, bitte schlagen Sie meinen Hintern noch mal. Ich *liebe* Sie, Mistress."

Charlene, die ganz in diesen heißen Erinnerungen versunken war, konnte nicht ahnen, dass Jason genau in diesem Moment aus seinem Zimmer stürzen und sie über den Haufen rennen würde. Er brauchte gar nicht erst den Abdruck entdecken, der in Form eines Schlüssellochs auf ihrer Stirn prangte, um zu wissen, was vor sich ging.

„Oha!", rief er dreckig. „Sind wir denn ein bisschen nass geworden beim Lauschen? Ich glaub, ich hab eine neue Idee. Eine, die vielleicht unsere Beziehung retten könnte." Er griff sie am Handgelenk und zog sie ins Zimmer, sah misstrauisch auf das Einzelbett, packte Dolly mit der anderen Hand und drängte beide ins Schlafzimmer, wo das Ehebett stand, in dem Charlene seit – wie es ihr vorkam – vielen Wochen allein geschlafen hatte.

Er positionierte sie beide auf der Tagesdecke aus Chenille, lehnte sich dann gegen die Wand, die Hände tief im Hosenschlitz vergraben. Dolly schmiegte sich wie schon so oft an Charlene, und ihr weicher, aber fester Körper war so entspannt und vertrauensvoll wie der eines schlafenden Welpen.

„Mach's ihr", befahl Jason. „Los, Dolly! Ich will euch zwei zusammen sehen. Leck ihr die Möse!"

Zum ersten Mal in ihrem automatischen Dasein zögerte Dolly, bevor sie einen Befehl ausführte. „Würden Sie das mögen, Mistress?“ Sie klang besorgt.

Jasons Gesicht nahm eine gefährliche, tiefrote Färbung an. „Mistress?“, schnaubte er. „Mistress!“ Er war im Begriff, Fragen zu stellen, die Charlene nicht von Dolly beantwortet haben wollte.

„Natürlich, meine Liebste“, sagte sie und streichelte dabei Dollys seidig glänzendes, ebenholzschwarzes Haar. „Zieh mich zuerst aus. Mach es schön und langsam, dass Meister Jason sich an dem Anblick erfreuen kann.“

Dolly setzte sich aufrecht hin und knöpfte Charlenes Bluse auf. Einen Knopf nach dem anderen. Mit vielen Pausen, in denen sie kokett zu Jason hinüberschaute, um sich dann erneut den weiblichen Reizen zu widmen, die sie langsam enthüllte.

Jason war sprachlos. Unter Dollys Händen gewann der Körper seiner Frau langsam jenen jugendlichen Glanz zurück, den er durch Artilleriefeuer, Explosionen, Sandstürme und lange, erschöpfende Märsche hindurch in seiner Erinnerung getragen hatte. Als Dolly sie küsste, veränderte sich Charlenes Gesicht. Sie sah aus wie eine Frau aus einem lustvollen und romantischen Traum. Ihre roten Lippen waren der Inbegriff von Leidenschaft und wurden langsam und genüsslich bis zur Erfüllung verführt. Dollys Hände umfassten Brüste, die ihm auf einmal wieder voll und verlockend erschienen, und deren üppige Knospen sich rasch erregt aufrichteten. Nach und nach enthüllte die gehorsame Androidin Charlenes Hüften und Beine, schob ihr das Höschen Zentimeter um Zentimeter herunter und verwandelte diese normalerweise recht hölzerne Prozedur in einen wahren Tanz der Sinne.

Jasons Schwanz lag hart in seinen Händen, seine Eier waren prall. Er wollte beide Frauen. Aber jetzt noch nicht. Noch nicht. Auf eine geflüsterte Aufforderung von Charlene hin legte Dolly in Sekundenschnelle ihre eigenen Kleider ab. Diese rasche Enthüllung ihrer zwar künstlichen, aber wirksamen Reize verstärkte seine Erregung noch. Dann legte Dolly die Hände auf Charlenes Schenkel, öffnete sie sanft und beugte sich zu ihrer Mistress herab, um sie mit einer ihr selbst nicht bewussten Geschicklichkeit und Sanftheit zu lecken. Keiner im Raum konnte erahnen, wer die Quelle dieser unwiderstehlichen Technik war: Ro.

Ro war in ihrer Jugend als *Ro unter den Röcken* bekannt gewesen. Älter zu werden, hatte für sie nur bedeutet, besser zu werden.

Dolly begann, ihre Finger in Charlenes nasse Öffnung hinein- und herauszubewegen, während ihre Zunge an der empfindlichsten Stelle der Klitorisvorhaut summte und vibrierte. Dollys Pussy wies genau auf Jason, als sie seine Frau zum Höhepunkt brachte. Charlene weinte und krümmte die Zehen unter der Anstrengung und Erleichterung eines der intensivsten Orgasmen, die sie je erlebt hatte, und es war Jason unbegreiflich, warum er Dolly nicht auf der Stelle in Grund und Boden vögelte. Irgendwas an diesem Anblick hielt ihn zurück. Ihm war, als dürfte er sich nicht einmischen oder sie unterbrechen. Da würde gleich noch etwas passieren, und das musste er sehen.

Das „Etwas" war Charlene, die sich in überraschend kurzer Zeit wieder erholt hatte. Sie warf Dolly auf den Rücken.

„Liebes", sagte sie, „eine Hand wäscht die andere."

Ihr Südstaaten-Akzent war dick wie Melasse, und Jason erinnerte sich, wie er sie damals damit aufgezogen hatte. Er hatte immer genau gewusst, wann sie beim Knutschen heiß wurde, weil ihrem Mund dann dieser gedehnte Tonfall entschlüpfte und sie verriet.

Seine Augen brannten, und er schüttelte den Kopf, unwillig, die Hände von seinem Schwanz zu nehmen, um sich die Augen zu reiben.

Nie war es Jason in den Sinn gekommen, in Dollys kybernetische Vagina einzudringen. War Dolly nicht nur eine Anhäufung von falscher Haut, Plastikknochen, synthetischen Muskeln, unechten Schleimhäuten, künstlichen Körperflüssigkeiten und Computerchips? Das hatte ihn natürlich nicht davon abgehalten, ihr wehtun zu wollen. Aber sollte er etwa ins Schwitzen geraten, nur damit ein künstliches Gliederpüppchen einen Orgasmus simulierte? Hielt Charlene ihn für einen Idioten?

Charlene dachte aber gerade überhaupt nicht an Jason. Sie dachte an Dollys süßen, süßen Mädchenkörper. Die nackten kleinen und großen Schamlippen waren so köstlich glatt und weich und schmeckten würzig. Dolly war feucht genug, ihr Mut zu machen. Anders als Ro hatte Charlene keine Ausbildung zwischen den Schenkeln Dutzender neugieriger, betrunkener oder einfach nur geiler Frauen genossen. Doch schließlich hatte Angie sie auch nicht von der Bettkante gestoßen. Auf sanfte Weise brachte sie Dolly dazu, schneller zu atmen, aufzustöhnen, zu keuchen und schließlich ihren Kopf zu umklammern. Mit Zunge, Lippen und Nasenspitze brachte sie die kleine Androidin dazu, Dankbarkeit zu empfinden, dass die Klitoris entdeckt wurde, bevor sie das Fließband verlassen hatte. Schließlich schrie Dolly auf: „Bitte, Mistress! Darf ich kommen?“ Und als Charlene etwas murmelte, was wie eine Erlaubnis klang, stieß Dolly einen Schrei aus, als wäre sie am Ende doch noch verwundet worden. Dann wurde sie still und zitterte. Eine der Verknüpfungen von Ros geschickter Programmierung rastete ein und verband Dolly mit Charlene für immer.

Jason starrte durch den Raum, er suchte nach einem Taschentuch oder etwas anderem, irgendwas, woran er sich die Hände abwischen konnte. Er war gekommen, als Charlene Dolly die Erlaubnis erteilt hatte. Schließlich entschied er sich für die Vorhänge. Er war ein wenig angeekelt von sich selbst, so wie immer, wenn er abgespritzt hatte. Nur der Gedanke, dass Charlene seinen Saft aus den Gardinen waschen musste, munterte ihn ein wenig auf. Doch der Anblick zweier Frauen zusammen im Bett, die sich aneinanderschmiegten und sich ein bisschen zu sehr aneinander freuten, machte ihn wütend.

„Ich schätze, jetzt, wo ich weiß, was dir wirklich gefällt, kann ich dich endlich zufriedenstellen", sagte er zu Charlene und zog den Gürtel aus seiner Hose.

Da war Dolly schon zwischen ihm und seiner Frau, und sie sah so streng aus, wie es einem masochistischen Engel überhaupt möglich war. Ihre aufgeworfene Unterlippe stand streitlustig hervor.

„Ich glaube, Sie wollen meiner Mistress etwas antun", sagte sie. „Wenn das Ihre Absicht ist, muss ich Sie warnen. Tun Sie das nicht! Wenn Sie nicht augenblicklich den Raum verlassen, sehe ich mich nicht verantwortlich für die Folgen."

„Ja, klar", sagte Jason, „und wo steckt deine Infanterie?", und stürzte zum Bett.

Dolly packte ihn, hob ihn hoch und trug ihn aus dem Zimmer. Innerhalb von Minuten fand er sich entkleidet und an das Einzelbett gefesselt wieder, in einer Position, die noch strapaziöser war als jede, die er selbst sich für sein Spielzeug ausgedacht hatte. Sie knebelte ihn sogar. Mit einer Damenbinde. Wenigstens war sie sauber. Der Plug, den sie ihm in den Arsch schob, war natürlich der größte. („Ich bin darauf programmiert, das Höchstmaß an Penetration zu ertragen", hatte Dolly geantwortet, als er ihn ihr damals gezeigt hatte.) Sie schaltete den Plug ein, sodass er vibrierte, was bedeutete, dass er vermutlich nicht so sauber bleiben würde wie der Mull in seinem Mund. Noch dazu hatte Jason Angst.

Schließlich hörte er auf, gegen die Seile anzukämpfen (verdammt, dieses dünne Band schnitt in die Haut rein!), und sah gerade in dem Augenblick auf, als Charlene hereinkam, mit einem Seesack in der einen Hand und die andere um Dollys

Taille. Dieses blonde Miststück trug sogar seine Lederjacke! Dolly hatte eine Kamera. Der Blitz hinterließ weißglühende Sterne auf seiner Netzhaut. Doch noch immer hatte er Dollys Outfit vor Augen, diese gewagte, aufreizende Kombination aus schmalen Lederriemen und einem dehnbaren, glänzenden Stoff, der kaum ihre Brustwarzen und den Schritt bedeckte.

„Auf Wiedersehen, Jason", sagte Charlene. „Ich werde das Motorrad nehmen. Und deinen Dienstrevolver." Sie schob das Telefon mit dem Fuß zu ihm herüber. „Tu dir keinen Zwang an, einen deiner Kumpels zu Hilfe zu rufen. Aber vergiss nicht, dass du erklären musst, wie du dich in diese Lage gebracht hast. Wenn du je versuchen solltest, uns zu folgen oder uns irgendwie Schaden zuzufügen, werde ich die ganze Welt wissen lassen, dass du noch nicht mal eine Androidin befriedigen konntest, die darauf programmiert war, vollkommen unterwürfig zu sein. Irgendein Boulevardblatt wird die Story garantiert gern kaufen. Mitsamt den Fotos. Komm, Dolly."

„Ja, Mistress", gurrte die auf rebellische Weise gehorsame Roboterfrau und stöckelte hinter Charlene her, lief ihrem neuen Leben auf Fünfzehn-Zentimeter-Absätzen entgegen, die auf der Rückbank des Motorrads großartig aussehen würden.

Scharlachrot und silbern

Es war einmal vor langer (aber nicht vergangener) Zeit eine junge Frau, die genug davon hatte, wie ein kleines Mädchen behandelt zu werden. Ihr Name war Sylvia Rufina. Wie für die meisten Frauen in derselben Situation bestand ihre einzige Chance zur Rebellion darin, so zu tun, als würde sie die Vorschriften anderer befolgen, während sie gleichzeitig Herrscherin einer geheimen, selbst erschaffenen Welt war.

„Geh raus spielen!" Weil sie ständig den Satz zu hören bekommen hatte, hatte sie das auch mehr und mehr getan. Ihre Familie lebte auf einem kleinen Gehöft, das sich noch viel kleiner anfühlte wegen der riesigen Wildnis, von der es umgeben war. Hier, in dieser ungezähmten und reichen Landschaft, war sie zu Hause, schon weil daran nichts verlogen oder sentimental war.

Eines ihrer Spiele hieß *Stillhalten*. Es war ein Spiel, das sie daheim gelernt hatte und das mit Verwirrung und Schmerz verbunden war. Aber versteckt in dem Hain aus Birken und

Krüppeleichen bedrängte sie niemand. Stattdessen wurde sie, wenn sie es lernte, ihr Denken dem Grünen der Blätter und ihren Atem dem langsamen Fließen der Pflanzensäfte anzupassen, in eine unendliche Vielfalt faszinierender Ereignisse eingeweiht: Sie sah, wie Biber Bäume fällten, wie Mäuse ihre Jungen aufzogen, wie ein Fuchs mit der Nase zuckte, wenn er eine Wühlmaus aufgespürt hatte.

Sie studierte gerade die Flecken auf einem Rehkitz, das in einem Gehölz schlummerte, nur ein paar hundert Meter von dort entfernt, wo sie selbst stand und den Atem anhielt, da erschien der Wolf.

Er (denn es konnte keinen Zweifel daran geben, was der große Kopf, die kräftigen Schultern und langen Beine zu bedeuten hatten, auch wenn sie sein Geschlecht noch nicht erspäht hatte) war gefleckt und von erstaunlich silberner Färbung mit einem tiefschwarzen Unterfell. Seine Zähne waren weiß wie der Mond, und seine braunen Augen ließen Klugheit und Furchtlosigkeit erkennen. Minutenlang taxierten sie sich, Wolf und Frau, bis er das Interesse an ihrer Regungslosigkeit und den entspannten Gliedern verlor und davonlief.

Als er das nächste Mal erschien, kam er gleich auf sie zu, hob die Schnauze und gab ihr zu verstehen, dass er irgendeine Form von Begrüßung erwartete. Da ließ sie behutsam, langsam und fließend ihren Körper herabsinken und erlaubte ihm, ihr Gesicht und ihre Brüste zu untersuchen. Sein Atem war sehr heiß, vielleicht weil es Herbst und der Tag frostig war. Sein Fell schmeckte nach Erde und dem Schnee, der noch kommen würde, und die Luft, die er ausstieß, roch leicht widerlich, ein Geruch, den sie schließlich als Blut identifizierte.

Erfreut über ihre Ehrerbietung lief er wieder davon, und er wedelte ein bisschen mit dem Schwanz dabei, als wäre er höchst zufrieden mit sich. Das war die einzig stillose Geste, die sie an ihm beobachtet hatte, doch sie achtete ihn deshalb nicht weniger. Sie schätzte es, dass der Wolf sich nicht duckte, herumtollte, jaulte oder sie vollsabberte, so wie Hunde es in ihrer sklavischen und arglosen Art taten. Der Wolf musste dem Menschen nicht die Füße lecken. Er konnte allein für sich sorgen.

Fast eine Woche lang sah sie ihn nicht mehr. Dann tauchte er wieder auf und brachte die anderen mit: zwei Männchen und drei Weibchen, eine war seine Gefährtin. Sie war fast so groß wie ihr Gatte, und war er silbern, so war sie schwarz, schwarz wie die Finsternis auf der anderen Seite des Mondes. Ein Instinkt sagte Sylvia Rufina, dass sie sie auf allen vieren begrüßen und sich dann auf den Rücken rollen sollte. Dies schien die anderen restlos zu begeistern. Sie erhielt ein paar kräftige Nasenstüber, wurde drei-, viermal abgeleckt, und einer schnappte nach ihr. Dieser unerwartet schmerzhafte kleine Biss kam vom Rudelführer, der ihr so zu verstehen gab, dass es Zeit war, aufzustehen und mit ihnen zu kommen. Es war schon spät. Sonst blieb sie nie so lange draußen, und als sie mit ihnen davonlief, gingen in dem kleinen Haus die Lampen an und dämpften die weit schöneren Lichter, die am tiefschwarzen Himmel erblühten.

Mit den Wölfen umherzujagen, kam ihr wie ein Traum vor. Vielleicht aber war es auch andersherum, und das normale Leben war ein Traum, denn das ewige Dahinstürmen mit dem Rudel glich einem Flug durch eine rauschende Sinneswelt, der alles, was sie im Haus erlebt hatte, farb- und bedeutungslos werden ließ. Sie zweifelte nicht eine Sekunde daran, dass sie eine von ihnen war. Sie wunderte sich auch nicht über die neue Gestalt, die sie angenommen hatte. Ihre Beine kannten keine Müdigkeit; es war eine Lust, so zu rennen. Selbst der Hunger war ein Lied in ihrem Magen. Und als die Meute abrupt stehen blieb und ein Reh in die Enge trieb, kannte sie ihre Position im Angriff genau, ganz so, als hätte sie die Rolle für ein Theaterstück auswendig gelernt.

Nachdem alle ihren Hunger gestillt hatten, legten sie sich zum Schlafen nieder und gähnten unter der Anstrengung, so viel rohes, rotes Fleisch verdauen zu müssen. Sylvia Rufina, die an so viel Bewegung und reichhaltige Kost nicht gewöhnt war, schlief ebenfalls ein.

Und erwachte Meilen von ihrem Haus entfernt, allein, im harten Tageslicht. Jeder Muskel ihres Körpers schmerzte, ihre Kleidung war zerrissen, ihr Haar voller Zweige, Blätter und Kletten. Ihre Schuhe waren fort und die Strümpfe kaputt. Irgendwie schaffte sie es nach Hause, qualvoll humpelnd, während sie versuchte, sich eine Geschichte auszudenken, mit der sie ihre Abwesenheit begründen konnte, ohne sich zugleich ein Verbot für künftige Ausflüge in die Berge einzuhandeln. Aber sie brauchte gar kein Alibi. Ihre Familie hatte bereits entschieden, was ihr passiert sein musste: Sie war einem Schmetterling gefolgt oder einem Blauhäher oder auch einem weißen Hirsch und hatte sich in den Wäldern verlaufen.

Als sie über die Schwelle trat und einzelne Fetzen dieser Geschichte aufschnappte, stellte sie fest, dass jeder in ihrer Familie eine Rolle übernommen hatte, genau wie die Wölfe in ihrer Choreografie des Treibens und Tötens. Sie war zu erschöpft, um sich zu wehren, und ließ das Geschrei der anderen über sich ergehen, ließ sich von ihnen herumstoßen und von ihrer melodramatischen Plattheit verletzen. Aber in ihr brodelte es: *Verlaufen! In den Wäldern! Die ich seit dreiundzwanzig Jahren kenne! Eher würde ich mich auf dem Weg zum Plumpsklo verlaufen!*

Leider hatten sie, nachdem sie verschwunden war, den Jäger gerufen und ihn gebeten, nach ihr zu suchen. Er war einer, den sie mied. Seine Hütte war mit gegerbten, aufgenagelten Tierfellen bespannt und das Dach mit Geweihen von Hirschen gedeckt, die er erlegt hatte. Sylvia Rufina fand das abartig. Durch ihren Vater hatte sie gelernt, an bestimmten Zeichen ein ungesundes Interesse zu erkennen. Jetzt, da sie endlich alt genug war, dass ihr inzestuöser Erzeuger sich nicht mehr an sie heranmachte, würde sie auch keinen Fremden dulden, dessen Wünsche sich widerlich vertraut anfühlten.

Als der Jäger seine Pfeife ansteckte und mit einem Wink die jammernden Stimmen ihrer Familie zum Verstummen brachte, die so froh darüber waren, Sylvia Rufina in ihre Schranken weisen zu können, starrte sie ihn an und hoffte, er würde entgegen ihrer Erwartung etwas Vernünftiges sagen.

Er hatte etwas mitgebracht, was das Problem lösen sollte. Es wäre nicht nötig, der Naturliebe der jungen Dame Grenzen zu setzen, ihrem kleinen Steckenpferd. Denn gewiss bereitete es ihr großes Vergnügen, neue Blätter und Farne für ihr Herbarium zu sammeln. (Eigentlich besaß sie keine solche Sammlung, aber weil sie wusste, dass viele anständige junge Damen eine hatten, biss sie sich auf die Zunge und dachte, das könnte eine gute Ausrede für zukünftige Ausflüge sein.) Der Jäger schüttelte ein rotes Kleidungsstück aus und reichte es ihr.

Es war ein Umhang mit Kapuze aus scharlachrotem Wildleder, schwer genug, um sie im Winter warm zu halten. Das Futter war aus einem schlüpfrigen Stoff, dessen Berührung ihr leichte Übelkeit bereitete. Der Jäger reichte ihr den Umhang, hielt ihn aber fest, und so berührten sich ihre Hände, als sie ihn entgegennahm, und unfreiwillig sah sie ihm in die Augen. Die lüsterne Begierde darin ließ sie den Kopf senken. Das wirkte bescheiden, doch in Wirklichkeit verbarg sie damit ihren Zorn. Nicht einmal während sie zum Sprung für den Todesbiss ansetzten, empfanden die Wölfe etwas so Schändliches und Zerstörerisches wie der Jäger mit seiner Begierde. Sie hatte begriffen, dass er den roten Umhang schon vor geraumer Zeit für sie gekauft und oft dagesessen und ihn betrachtet hatte, während er davon träumte, wie er sie darauf flachlegen würde. Wenn sie ihn im Wald trug, würde sie über Meilen sichtbar sein. Es wäre ein Leichtes für einen Jäger, für *diesen* Jäger, sie auszumachen und zu verfolgen.

Sie stießen und stupsten sie an, forderten sie auf, sich zu bedanken, aber sie tat es nicht. Stattdessen täuschte sie vor, eingeschlafen zu sein. Oder ohnmächtig. Da trug man sie hinauf ins Bett, und sie spürte, dass der gekränkte, finstere Blick des Jägers ihrem ausgestreckten Körper die Treppe nach oben folgte wie der eines Mannes, der oft abgewiesen wurde und dem jetzt die Hochzeitsnacht bevorstand.

Wochen vergingen, bis man sie so weit genesen fand, sie wieder aus dem Haus zu lassen. In der Zwischenzeit hatte der rote Umhang in ihrem Schrank gehangen, und seine schreiende Farbe hatte ihre anderen Kleidungsstücke wie triste Lappen aussehen lassen. Bald würde es schneien, und sie bezweifelte, dass sie überleben würde, wenn das Rudel sie in ihrer menschlichen Gestalt zurückließ und sie durch einen Wintersturm den Weg nach Hause finden musste. Aber sie musste sie wiedersehen, und wenn es nur deshalb wäre, um sich zu beweisen, dass das ganze Abenteuer kein Fiebertraum gewesen war.

Endlich bot sich eine Gelegenheit. Eine Nachbarin, die niemand besonders leiden konnte, eine alte Witwe, die immer wusste, wie man alles besser machte, lag mit gebrochenem Bein im Bett. Sie hieß Großmutter Gänschen. Als kleines Mädchen war Sylvia Rufina mit ihren geheimen Sorgen zu Großmutter Gänschen gegangen, denn sie hatte ihr graues Haar und die Kurzsichtigkeit fälschlicherweise für Zeichen von Güte und Weisheit gehalten. Ihre Hoffnungen, gerettet oder wenigstens getröstet zu werden, wurden brutal zerstört, als die alte Frau sie mit vielen der Namen beschimpfte, die sie schon von einer tieferen Stimme gehört hatte, damals, als ein Schnurrbart und eine Zunge ihr Ohr gestreift hatten und ihr langes Baumwollnachthemd so hoch unter die Achseln geschoben war, dass es wehgetan hatte. Doch schnell war das heiße Gefühl von Verrat, das das Mädchen empfunden hatte, von Stumpfheit abgelöst worden. Was man nicht ändern konnte, musste man ertragen, und jetzt war sie nicht mehr so dumm, gegen das Unvermeidliche anzukämpfen.

Die anderen Nachbarn, ein wohlhabendes Ehepaar, das eine Rekordernte an Töchtern vorzuweisen hatte, jede schon überreif für die Mahd der Heirat, veranstalteten ein Tanzvergnügen mit Orchester. Die Gäste würden zu einem frühen Abendessen kommen, den Abend über tanzen und die Nacht dort verbringen. Sylvia Rufinas Vater und Mutter hatten ebenfalls eine Kollektion heiratsfähiger Fräulein, die sie an den Mann bringen wollten, doch da ihr Haus näher an dem von Großmutter Gänschen als irgendein anderes stand, erwartete man von ihnen, dass sie zu ihr gingen und nach dem Rechten sahen. Welch eine Erleichterung war es deshalb für alle, als Sylvia Rufina beim Frühstück leise sagte, dass es wohl ihrer Seele gut täte, wenn sie die Kranke und Unglückliche an diesem Tag besuchte. Sie war jung. Es würde noch andere Bälle geben.

Während die anderen Frauen im Haus herumwuselten, sich das Haar eindrehten und die Rüschen an ihren Kleidern bügelten, packte sie einen Korb voller Esswaren. Sie wählte Dinge, die sie selbst besonders mochte, weil sie wusste, dass die Großmutter ohnehin alles ungenießbar finden würde. Sylvia Rufina half allen in die Kleider, suchte nach fehlenden Handtäschchen und Haarbändern, nähte eine Schnalle an einen Lacklederschuh und küsste die Mutter und die Schwestern, die mit erleichtertem Gewissen zum Tanz aufbrachen. Ihr Vater, der wusste, dass sie ihm keine Umarmung anbieten würde, ging ihr aus dem Weg.

Sowie ihre Kutsche hinter der Kurve verschwunden war, machte sie sich in ihrem roten Umhang auf den Weg und behielt das verhasste Ding an, bis sie über eine Anhöhe gewandert, auf der anderen Seite wieder herabgestiegen und außer Sichtweite ihrer Familie war.

Dann zog sie den Umhang aus, knäuelte ihn so klein wie möglich zusammen, legte ihn in einen hohlen Baum und hoffte von Herzen, dass ein paar Vögel und Eichhörnchen ihn finden, in Fetzen reißen und ihre Winternester daraus bauen würden. Schließlich ließ sie sich am Fuße des Baumes nieder. Sie fühlte sich geborgen in dem nussbraunen Umhang, den sie unter dem Geschenk des Jägers getragen hatte, und aß bis zum letzten Bissen alles auf, was sie in den Korb gepackt hatte. Als sie ihr Festmahl beendet hatte, war es fast dunkel. Über alle Maßen vergnügt darüber, endlich ohne menschliche Gesellschaft zu sein, machte sie sich auf die Suche nach ihren Seelengefährten, den vierbeinigen Brüdern und Schwestern des Windes.

Schneller und schneller lief sie, denn ihr Verlangen nach ihnen wurde immer stärker, und in einem unscharfen Rausch herbstlicher Farben flog die Welt an ihr vorüber. Die kalte Luft schnitt wie mit Klingen in ihre Lunge, und sie ertappte sich dabei, wie sie die kleine Narbe drückte, die der Wolf auf ihrem Schlüsselbein hinterlassen hatte, und der Schmerz trieb sie vorwärts. Die Sonne verschwand hinter den Hügeln. Sie lief jetzt auf allen vieren und suchte nach einer Spur in den köstlichen Gerüchen, die ihr in Nase und Mund strömten.

Endlich entdeckte sie an einer Stelle, wo sie gerastet hatten, eine Fährte, die zu ihrem jetzigen Aufenthaltsort führte, und ihr Wiedersehen war ein Freudenfest. In einer unbeschwerten, aber geordneten Abfolge fanden Ehrerbietungen und Herzlichkeiten statt, da wurde geschnuppert, geleckt und mit dem Schwanz gewedelt, da wurden Lieblingsstöcke und Knochen in die Luft geschleudert und hin- und hergezerrt.

Dann gingen sie auf Jagd, und die Welt war in Ordnung. Auch wenn sie in ihrer Hierarchie ganz unten stand, war Sylvia Rufina doch glücklich, zumindest zu ihnen zu gehören. Obwohl sie den Status einer Novizin innehatte, wusste sie ein paar Sachen, die für das Rudel wertvoll sein könnten.

Von nun an würde die mürrische Nachbarin nie wieder über Schmerzen klagen müssen. Sie würde nie wieder über den mangelnden Respekt der Jugend und über die Schamlosigkeit der heutigen Damenmode wettern.

Weil die junge Frau – anders als beim letzten Mal – darauf vorbereitet war, dass der Sonnenaufgang ihrem vierbeinigen Dasein ein jähes Ende bereiten würde, traf sie die nötigen Vorkehrungen. Als alle anderen Richtung Bau aufbrachen, um dort in einen fleischtrunkenen Schlummer zu fallen, nahm sie mit herzzerreißenden Nasenstübern Abschied und folgte ihren Fußspuren zurück zu dem hohlen Baum. Dort schlief sie ein wenig, bis die Morgendämmerung sie zwang, den verhassten roten Umhang wieder umzulegen und nach Hause zurückzukehren. Dieses Mal hatte sie Glück und kam lange vor ihrer verkaterten, vollgefressenen und überdrehten Familie an.

Sie dachte, dass sie ihr Leben mit dem Wissen, das sie jetzt hatte, vielleicht ertragen könnte. Sie würde zwei Leben führen, eines in dieser Hütte und ein anderes außerhalb. Jetzt, wo sie sich selbst als gefährlich kennengelernt hatte, könnte sie es vielleicht ertragen, wenn sie wie ein Kind behandelt wurde. Und so benahm sie sich folgsam gegenüber der Mutter und den Schwestern, half ihnen aus den Ballkleidern und bereitete ihnen ein kaltes Mahl. Sie selbst hatte keinen Hunger. Der Geruch von Kochfleisch bereitete ihr Übelkeit.

Sie hatte nicht vorgehabt, in der folgenden Nacht wieder hinauszugehen. Irgendwann würde jemand ihr leeres Bett bemerken, wenn sie es mit den Ausflügen übertrieb. Doch als der Mond aufging, schien ein Fieber sie zu befallen. Sie hielt es drinnen einfach nicht mehr aus. Sie verzehrte sich nach dem tröstlichen Gefühl von Erde unter bekrallten Pfoten, nach dem Dahinpreschen, das auf das Spiel folgte, nach dem süßen, beruhigenden Geruch ihrer Gefährten, die ihr einen Platz im Rudel zuerkannt hatten. Und so schlich sie nach draußen, obwohl sie wusste, dass es unklug war. Als einziges Zugeständnis an ihre menschliche Erziehung zog sie den verhassten roten Umhang über.

Und so entdeckte er sie, im Vollmondlicht, und griff sie sich, noch bevor sie das rote Lederteil ablegen konnte.

„Ganz die kleine Försterin, hm?“, sagte der Jäger gedehnt und spielte mit seinem Messer.

Sylvia Rufina antwortete nicht.

„Hat es dir die Sprache verschlagen? Oder hast du sie etwa bei den Wölfen vergessen? Verdammt, wie kalt deine Augen sind! Aber ich hab was für dich, das wird das Eis in dir zum Schmelzen bringen, du eingebildetes, unnatürliches Biest!“

Er packte sie beim Handgelenk, und obwohl sie sich sträubte, zwang er sie den Pfad entlang bis zu seinem Haus. Sie hätte sich seinem Griff entwinden können, wenn sie ihre Wolfsgestalt angenommen hätte, doch etwas sagte ihr, dass sie ihren menschlichen Verstand behalten müsste für das, was er ihr zeigen wollte.

Da war etwas Neues an seine Hütte genagelt. Ein riesiger Pelz, der im Mondlicht schimmerte wie ein glänzender Fluch. Es war die Haut ihres Meisters, des Gebieters ihrer nächtlichen Welt, dieses begnadeten Wesens, dessen Biss sie in etwas verwandelt hatte, was das menschliche Vorstellungsvermögen überstieg.

Der Jäger grinste hämisch. Er erzählte ihr von dem Mord, und wie leicht sie es ihm gemacht hatte, den Bau aufzuspüren. Und dann drohte er damit, dorthin zurückzukehren und für jede Nacht, in der sie sich ihm verweigern würde, einen weiteren Wolf zu töten.

Seine lüsternen Fantasien über ihr Leben als Wolf verrieten, wie sie fand, seine erhebliche Unkenntnis über Wölfe und Frauen. Wölfe waren nur einmal im Jahr brünstig. König und Königin des Rudels paarten sich dann, und keiner sonst. Der große, silberne Rüde hatte sie geliebt, in seiner Leidenschaft aber war nichts Sexuelles gewesen. Was ihn angezogen hatte, war ihr Unglück gewesen, und in seinem Edelmut, dem Edelmut eines Tieres, hatte er beschlossen, ihr wildes Herz zu befreien. Ihr eigenes Verlangen aber hatte der Wildnis gegolten und dem Dahinjagen – so heftig, so schnell und weit sie konnte –, dem in einem kalten Gebirgsbach gestillten Durst und dem Hunger, der sich sättigen ließ im heißen Gewühle des mit der Schnauze aufgerissenen Bauchs eines anderen, eines schwächeren Geschöpfes.

Sie sehnte sich nach Unabhängigkeit und nicht nach verschwitzten Übergriffen auf ihre verletzte und vergewaltigte Weiblichkeit. Doch der Jäger ließ seinen üblen Fantasien von tierischen Orgien freien Lauf und endete schließlich mit den Worten: „In all den Jahren hab ich mich nach dir verzehrt und geglaubt, dass du über mir stehst. Dass du zu kultiviert und fein bist, viel zu sensibel für einen einfachen Mann wie mich. Aber jetzt seh ich, dass du nichts weiter bist als eine läufige Hündin. Wie kannst du es wagen, mich abzuweisen?"

„Sie abweisen?", rief sie aus und fand ihre Stimme wieder. „Wie kommen Sie darauf? Sie hätten nur fragen müssen! Nie wäre mir in den Sinn gekommen, dass ein so kluger und attraktiver Mann, wie Sie es sind, sich für jemand so Unerfahrenes und Unscheinbares wie mich interessieren könnte. Ich bin doch bloß ein einfaches Mädchen, eine Bauerntochter. Sie aber sind ein Mann von Welt!"

Woher dieser Unsinn kam, war ihr schleierhaft, er aber nahm seine Hände vom Gürtel und legte die Arme um sie, und in diesem Moment riss sie das Messer aus seinem Gürtel und versenkte es bis zum Schaft in seinem Rücken.

Er starb staunend, sein Blut tropfte zu Boden. In ihren Augen war es nur eine kleine Vergeltung für die vielen wilden Leben, die er aus männlichem Stolz und Hass getötet hatte. Sie zog das Messer wieder heraus, denn sie wollte es behalten. Dann ließ sie ihn fallen.

An den Füßen schleifte sie ihn in sein Haus. Dann nahm sie zitternd das Fell ihres Liebsten von der Wand. Es sank in ihre Arme wie ein Geliebter, und sie weinte, als sie Spuren seines Geruchs wiederfand, der noch immer in dem leblosen Fell hing und eine Erinnerung an Pinien und Salbeibüsche heraufbeschwor, an die Angst der Kaninchen und den Schaum vorm Maul eines rotschwänzigen Rehs und auch an den Duft von Schnee, den ein Rabe von seinem Rücken abgeschüttelt hatte.

Es war einfach, das Pferd des Jägers zu satteln, Proviant und Geld aus seinem Haus zu holen und dann in Brand zu setzen, was noch übrig war. Das Pferd mochte es nicht, als sie mit einem an die Brust gedrückten Wolfsfell aufstieg, doch mit Knien und Hacken zwang sie es, ihr zu gehorchen, und drehte seinen Kopf Richtung Stadt.

Da es ein Mann gewesen war, der ihr das Liebste genommen hatte, entschied sie, dass der Rest aus der Gattung der Jäger ihr Wiedergutmachung schuldete. Sie wollte nicht länger unter ihrer Mutter und deren Vorschriften von Anstand und Tugend leiden. Sie wollte nicht länger stillhalten, sich von keinem Mann mehr, der sich seiner Stärke allzu sicher war, in eine Ecke drängen lassen. Die Wölfe hatten sie viel über das Leben in der Wildnis gelehrt, über Jäger und Beute, über Macht und Verfolgung. Ein Mensch oder tausend – sie hasste sie alle gleichermaßen, deshalb wollte sie dorthin gehen, wo sie sich in Furcht vor dem Wald zusammendrängten, und sie nach Strich und Faden ausnehmen.

In der Stadt verschafften ihr die Münzen des Jägers eine Unterkunft in einem einstmals vornehmen Stadtbezirk. Ein Stück die Straße runter hatte sie den roten Umhang gegen eine Peitsche mit einem obszönen Griff eingetauscht, gegen Handschellen und eine eng sitzende Haube. Für sich selbst hatte sie lange rote Stiefel und ein Korsett fertigen lassen. Am Tag darauf gab sie in der Zeitung eine Anzeige für „Reitstunden“ auf.

Bald darauf klingelte ein Mann, der sehen wollte, ob sie ihm etwas beibringen konnte. Zwar trug er einen grauen Anzug statt des Jägers Rehleder, aber er war von derselben Aura mühsam beherrschter Aggression umgeben. Er war wohlhabend, doch dieses Privileg hatte ihm keine Freiheit geschenkt. Stattdessen hatte es seine Missgunst gegenüber allem verschärft, was er nicht besaß, und ihn zu einem strengen Herrscher über jene Dinge werden lassen, die ihm gehörten.

Weil er das Tier in sich verachtete, zwang sie ihn, es sichtbar zu machen: seiner Kleidung beraubt, nackt bis auf die Haut, auf allen vieren und mit dem Verbot belegt, etwas anderes als wortloses Geheul von sich zu geben. Diesem Tier, das er war, war nicht zuzutrauen, dass es ein Leben in Freiheit führen könnte, also pflockte sie ihn an. Und weil er glaubte, dass das Tier dem Menschen Untertan war, dazu bestimmt, missbraucht zu werden, verprügelte sie ihn, so wie ein Säufer, der beim Kartenspiel verloren hatte, seinen Hund verprügeln würde. Er vergaß ihren Befehl zu schweigen, als sich abzeichnete, welchen Verlauf die „Reitstunde" nehmen würde, doch sie zeigte keine Gnade. Wie die meisten Männer betrachtete er Frauen ausschließlich als Kühe und Zuchtstuten. Wenn er wirklich wissen wollte, wie es ist, Sklave zu sein und gedemütigt zu werden, musste er sowohl sexuelle Gewalt erfahren als auch Fessel und Peitsche zu spüren bekommen. Über einen Stuhl gebeugt, mit an die Knöchel gefesselten Händen, brüllte er wie ein durchbohrter Stier, als der Holzgriff der Peitsche ihm seine männliche Unschuld raubte.

Am Ende erwies sich ihre Einschätzung seines Charakters als richtig – er kniete nieder, schwor ihr Gehorsam und versuchte, sie zu lecken wie ein unterwürfiger Köter, der einen Happen vom Tisch ergattern wollte. Sie nahm sein Geld und warf ihn mit der Warnung hinaus, jeden Versuch zu unterlassen, ihren Namen durch den Dreck zu ziehen. Glücklich ging er davon, denn die Wogen seiner Wut waren vorerst geglättet, und er hatte seine Seele erleichtert mit dem Silber, das er in die Schale auf dem Tischchen im Flur gelegt hatte.

Bald standen die Männer vor Sylvia Rufinas Kammer Schlange. Wenn sie zu ihr kamen, waren sie voller Gier und Scham, und wenn sie gingen, waren sie zwar ärmer, wussten aber mehr über sich selbst. Doch die Schmerzen, die sie erlitten, waren kein Balsam für die Wunden, die die Rote Mistress, wie man sie bald nannte, auf ihrer Seele trug. Ihre selbst ernannten Sklaven mochten zwar von Verehrung reden und sie mit Göttin ansprechen, doch das Einzige, was sie anbeteten, war ihr eigenes Vergnügen. Sie wusste, selbst wenn sie ihnen die Eier zerquetschte, blieben sie doch die wahren Herrscher dieser Welt.

Trost fand sie auf ganz persönliche Art: in einem gelegentlichen Mahl aus rohem Fleisch, einem nächtlichen Schlummer unter einer Decke aus silbernem Fell. Ein Jahr lang ertrug sie die überfüllte Stadt, den Gestank und das widerlich verbrannte Essen. Ihr Ruhm verbreitete sich, und der Ruf ihrer majestätischen Schönheit und Grausamkeit brachte ihr zahlende Kundschaft sogar aus weit entfernten Ländern ein. Die Idee, man könnte ein Stück Freiheit oder eine Dosis Wildheit kaufen, langweilte und amüsierte die Rote Mistress. Doch sie behielt ihre Gedanken für sich und sparte ihr Geld in einer eisenbeschlagenen Truhe. Sie lebte wie ein Mönch, aber die Werkzeuge ihres Handwerks waren nicht billig, und die Langsamkeit, mit der ihr Reichtum den Boden der Truhe zu bedecken begann und dann Zentimeter für Zentimeter emporwuchs, verärgerte sie.

Als der Frühling kam, passierte zunächst nichts weiter, als dass die Stadt noch erbärmlicher als sonst stank, weil der schmelzende Schnee den Abfall einer ganzen Jahreszeit auf den Straßen freigab. In der Nähe von Sylvia Rufinas Haus stand ein Baum, der ihr schmerzhaft in Erinnerung rief, wie wunderschön und lebendig der Wald um diese Zeit war, wo die Säfte stiegen und junge, grüne Blätter in die warme Luft hinaustrieben. Ihr Blut schien ebenfalls in Wallung geraten zu sein, denn es fiel ihr immer schwerer, ihre Leidenschaft zu zügeln und sie mit jener Maske der Dominanz zu tarnen, die ihre Schatztruhe füllte. Ohne Vorwarnung überkam sie eine übermenschliche Kraft. Nicht selten trug einer ihrer Sklaven, wenn er sie verließ, ein unerwünschtes Mal ihrer Zähne auf seinem alternden Leib und fand, dass er vielleicht eine andere Reitherrin aufsuchen sollte. Eine, die ihr Handwerk nicht ganz so ernst nahm.

Der Vollmond im April kam plötzlich über sie, als sie nackt an ihrem Schlafzimmerfenster stand, und bevor sie es verhindern konnte, verwandelte sie sich wieder in ihr wahres Selbst, vierbeinig und in sich ruhend. Nach so vielen Monaten schrecklicher, anstrengender Arbeit und enthaltsamen Lebens war sie nicht imstande, sich die Freude zu verweigern, wenigstens für eine Weile in dieser Gestalt zu bleiben.

Die Wölfin trat furchtlos aus dem Haus. Herumstreunende Rudel herrenloser Hunde waren nur eine von vielen Gefahren in den nächtlichen Straßen dieser Stadt. Nur wenige Passanten wären dreist genug, sich mit einem hundeartigen Tier ihrer Größe anzulegen, dessen Wildheit nicht zu übersehen war. Als sie die Geräusche eines Streites hörte, lief sie darauf zu, frei von weiblicher Zaghaftigkeit und beherrscht von der wölfischen Gewissheit, dass dort, wo ein Kampf stattfand, auch Futter zu finden sein würde.

In einer Straße, in der die Armut noch deutlichere Spuren hinterlassen hatte als in der, wo die Rote Mistress ihrem Gewerbe nachging, stand ein Mann mit schäbigem Zylinder und in einem mottenzerfressenen Mantel vor einem Mietshaus, hielt eine Frau an den Oberarmen gepackt und schüttelte sie wie eine Rassel. Er behandelte sie derart grob, dass ihr aufgestecktes Haar sich löste und Gesicht und Schultern in eine blonde Wolke hüllte. Sie trug ein tief ausgeschnittenes, schwarzes Kleid, das ihre Arme schamlos nackt ließ. Hinten war es geschlitzt und brachte die Waden zum Vorschein, es erlaubte sogar einen kurzen Blick auf ihre Schenkel.

„Du Miststück!“, schrie der Mann. „Wo ist mein Geld?“

Der Wölfin gefiel seine krächzende, hysterische Stimme nicht, und seine fetten Fingerkuppen, die bleich wie Weißwürste aus den löchrigen Handschuhen herausragten, weckten ihren Appetit. Er roch nach Gin und Mottenkugeln, wie etwas, das nie hätte leben sollen. Als er einen Arm der Frau losließ, um ein Taschentuch hervorzuziehen und sich damit über die Stirn zu wischen, trat die Wölfin aus dem Schatten hervor und begrüßte ihn mit einem kaum hörbaren Warnknurren. Sie ließ kurz ihre Reißzähne aufblitzen, und er erstarrte vor Angst. In derselben Tasche, aus der er das Tuch gezogen hatte, steckte auch ein Rasiermesser, doch bevor er es herausfummeln konnte, landete die Wölfin schon mitten auf seiner Brust, und er klatschte rückwärts in den Dreck. Die gelbe Seidenkrawatte, die geflickt und fleckig war und seinen Hals schmückte, war kein Hindernis für sie.

Die Wölfin verschmähte es, ihn zu verschlingen. Zwar war er zarter als die mürrische Großmutter, doch das ausschweifende Leben hatte sein Fleisch verseucht. Sie war nicht besonders scharf darauf, seine Krankheit zu verdauen. Sie leckte sich die Schnauze sauber und war überrascht, dass die ramponierte Frau, deren Busen und Gesicht vom Übergriff des Zuhälters gezeichnet waren, gelassen in Windrichtung stand und wartete.

„Danke“, sagte die Frau weich. Sie wusste, dass ihre Retterin kein Haustier war, das seiner Leine entlaufen war. Ihr Leben war zwar sehr hart gewesen, aber sie würde gar nicht mehr am Leben sein, wenn sie nicht fähig gewesen wäre zu erkennen, was da wirklich vor ihr stand, und sich mit den Tatsachen auseinanderzusetzen.

Menschensprache ließ die Wölfin unruhig werden. Sie wollte nicht an ihre andere Gestalt erinnert werden, nicht an ihr anderes Leben. Sie hastete an der Frau vorbei, begierig darauf, die Nachtluft zu kosten und herauszufinden, ob es einen Park in dieser Stadt gab, den sie durchstreifen konnte.

„Du wildes Tier", sagte die Frau, „nimm mich mit", und in den leise gleitenden Gang der Wölfin prasselten Sturmschritte hinein. Die Wölfin hätte die Frau im Handumdrehen hinter sich lassen können, doch entgegen ihrer Natur tat sie es nicht. Es dauerte nicht lange, da erreichten sie das Anwesen eines reichen Mannes. Seine Villa stand auf einem Stück Land, das für städtische Verhältnisse riesig war, und auf dem Federwild, Hirsche und Rehe lebten. Das Grundstück war von einem hohen, schmiedeeisernen Zaun umgeben, und die Goldblonde erwies sich als nützlich, als sie eine Stelle entdeckte, an der die Nieten, die mehrere Eisenstangen zusammenhielten, durchgerostet waren. Sie bog drei Stangen nach oben, sodass sie sich unter dem Zaun hindurchquetschen konnten. Beim Geruch der zerdrückten Pflanzen und der frisch aufgebrochenen Erde geriet die Wölfin außer sich vor Freude.

Sie jagten sich gegenseitig durch das Gelände, schneller und schneller, bis die schäbigen Schuhe des Mädchens durchgelaufen waren und weggeworfen werden mussten. Die Balgerei wurde immer rauer, bis die Wölfin vergaß, dass sie nicht mit ihresgleichen herumtobte und nach dem Unterarm des Mädchens schnappte.

Die dreieckige Wunde blutete so stark, dass man es selbst im Mondlicht sah: scharlachrot und silbern. Und dann waren sie plötzlich zwei derselben Art, die eine mit kastanienbraunem Fell, die andere mit einem Unterfell aus Gold, und was wäre herrlicher, als Jagd zu machen auf ein Hasenpaar? Die eine versteckte sich, während die andere die Beute aufspürte.

Weil Sylvia Rufina wusste, dass ein tödlicher Schlaf sie beide nach dem Mahl überfallen würde, hetzte sie die frisch Verwandelte weiter, zurück zum Zaun und darunter hindurch. Sie näherten sich Sylvia Rufinas Haus von der Rückseite her und drangen durch den Garten ein. Die Goldfarbene kehrte nur widerwillig zurück, sie wollte kein Mensch mehr sein. Doch Sylvia Rufina trieb sie unerbittlich vorwärts, zwang sie die Treppe hinauf und in die Kammer, wo sie sich in zwei schlammbespritzte Frauen verwandelten und in heulendes Gelächter ausbrachen.

„Was bist du für ein seltsamer Traum", murmelte das Straßenkind, als die Rote Mistress sie ins Bett zog.

„Kein Traum, es sei denn, der Traum von Freiheit", antwortete Sylvia Rufina und presste ihr Opfer mit derselben Leichtigkeit ins Laken, mit der sie auch den erbärmlichen Zuhälter niedergedrückt hatte. Die Wolfskraft pulsierte noch in ihr. Sie berauschte sich an dem Mädchen mit Mund und Händen, und ihre Küsse schmeckten nach dem Herzblut des Festmahls, das sie miteinander geteilt hatten. Goldie war das Tröstliche nicht fremd, das in der Liebkosung einer anderen Frau lag, doch dies hier war kein wehmütig sanftes Trösten. Dies war der Schmerz von Hoffen und Verlangen. Sie wehrte sich gegen diese neue Erfahrung, doch die Rote Mistress war unerbittlich und zeigte ihr so viel Glück und Lust, bis Goldie erkannte, dass ihr Leben zerbrochen und für immer verändert war.

Das zerschundene Mädchen konnte sich nicht erinnern, wie oft sie den Tiefschlaf ausgenutzt hatte, der einen Mann, dessen Munition verschossen war, so völlig entwaffnete. Ganz gleich, wie bitterlich diese sich über den Preis beschwerten, den Goldie für ihre Aufmerksamkeiten verlangte – immer hatten sie das Zehnfache und mehr in ihren Geldbörsen. Doch statt selbst in einen schnarchenden, taubblinden Zustand zu fallen, fühlte sie sich so wach wie während ihrer Verwandlung, als die scharfen Sinne des Wolfes ihr kläglich abgestumpftes, menschliches Gespür ersetzt hatten. Ihr Hunger, von Sylvia Rufina mit der Zunge bearbeitet, gebissen, geküsst und gefickt zu werden, war nicht gestillt, er trieb sie zu den kleinen, vollkommenen Brüsten und den muskulösen Schenkeln der Frau, die sie angefallen und in eine neue Welt eingeweiht hatte.

Goldie ruhte nicht eher, als bis sie sich im Herzen ihrer Geliebten einen Platz erobert hatte. Für Sylvia Rufina war es das erste Mal in ihrem Leben, dass sie etwas anderes als Demütigung und Ekel bei der Berührung eines anderen Menschen spürte. Ihre Fähigkeit, Lust zu empfinden, schockierte sie, und doch schien nichts in der Welt natürlicher, als diesen Engel an seinen goldenen Locken näher zu ziehen und einen weiteren Kuss zu fordern: erst auf den oberen Mund, dann auf den unteren und in ihn hinein. Sie schliefen auf den Laken ein, mit nichts als einer gemeinsamen Decke aus Schweiß, die sie wärmte. Doch das war genug.

Die Morgendämmerung kam und brachte eine weniger versöhnliche Stimmung mit sich. Die Rote Mistress war zornig, weil jemand in ihre Einsamkeit eingebrochen war. Mit keiner Menschenseele hatte sie ihr Geheimnis teilen wollen, und nun hatte sie nicht nur ihr zweites Ich preisgegeben, sondern auch noch eine gestaltwandelnde Schwester geschaffen.

Goldie nahm kein Geld. Sie ließ sich nicht fortschicken. Und so stellte die Rote Mistress ihre Gespielin auf eine der härtesten Proben. Statt sie mit Ketten oder Stricken zu fesseln, befahl sie ihrer blonden Bittstellerin, die Röcke zu heben, sich ungeschützt vornüberzubeugen und so zu verharren, bis die Anweisung kommen würde, sich wieder aufzurichten. Mit Birkenrute, Riemen und Rohrstock züchtigte sie sie gnadenlos, denn sie war nicht gewillt, an den Treueschwur der Goldenen zu glauben, bis er nicht in Striemen auf ihrem Körper geschrieben stand. Doch selbst die härtesten Schläge wurden ohne Klage angenommen, nur ein leises Weinen antwortete. Als Sylvia Rufina ihren Zorn ausgelassen hatte, zwang sie das

Mädchen, die scharlachroten Zeichen ihrer Standhaftigkeit zu küssen, die auf dem Rohrstock zurückgeblieben waren. Und dann weinten sie miteinander, bis ihr Kummer weggespült war und sie nur noch die tröstliche Gewissheit der Gegenwart der anderen spürten.

In dieser Nacht schlich sich das Straßenkind, das auf dem Boden hatte schlafen sollen, ins Bett, unter das Wolfsfell, das die Rote Mistress bedeckte, und verführte sie so langsam und behutsam, dass sie erst im Augenblick äußerster Lust vollständig erwachte. Es stand außer Frage, dass sie bis an ihr Lebensende nie wieder getrennt schlafen würden.

Sie wurden Gefährtinnen, ein Zweier-Rudel, Jäger und Beute zugleich und ein Raubtierpärchen für Kunden, die bereit waren, mehr zu zahlen. Die gegenseitige Gesellschaft war ihnen Trost und Ansporn und machte die Arbeit gleich viel weniger mühsam. Die Einkünfte der Roten Mistress verdoppelten sich, und als ein weiteres Jahr vergangen war, hatte sie genug Geld beisammen, um ihr Vorhaben in Angriff zu nehmen.

Es war an einem Tag im Herbst, ungefähr einen Monat, bevor der erste Schnee fallen würde, als die Rote Mistress zum letzten Mal ihr Haus verschloss. Sie nahm nichts mit als die Truhe mit den Münzen und Edelsteinen, das Mädchen und warme Kleidung für die Reise. Sie fuhren in einer Kutsche davon, und ein großes, silbernes Fell lag über ihren Knien. Sie fuhren in Richtung der Berge, und niemand in der Stadt sah sie jemals wieder. Auf dem Weg aus der Stadt machten sie mehrmals halt, um ein paar Dinge mitzunehmen: einen Raben, der in einem Wirtshaus an einen Pfahl gekettet war, einen Bären, der einen Maulkorb trug und für einen fiedelnden Zigeuner tanzen musste, ein Otternpaar in einem Käfig, das an einen Pelzhändler verscherbelt werden sollte.

Sie hatten raues, bergiges Land gekauft, für das kein vernünftiger Mensch je Verwendung haben würde, weil es zu steil und felsig zum Bewirtschaften war. So hatten sie es billig bekommen und noch genügend Geld übrig, um die Grenzen ihres Landbesitzes zu markieren, als Warnung für die Jäger, Abstand zu halten. Es gab eine Hütte, die einfachen Ansprüchen genügte, und einen Stall, der schon mit Pferdefutter für die nächsten Monate gefüllt war.

Jetzt, wo sie sicher auf ihrem eigenen Grund und Boden waren, ließen sie den Raben im Schatten einer Eiche fliegen, befreiten den alten Bären an einem Brombeerhain von seinem sperrigen, schmerzhaften Maulkorb und setzten die Ottern am nächstgelegenen Bach aus, in dem es vor kleinen Fischen nur so wimmelte.

Und in dieser Nacht, unter Bäumen und mit einem gütigen, rundgesichtigen Mond über ihnen, der ihr Geheimnis bewahrte, geschah es, dass Sylvia Rufina die Gestalt annahm, nach der sie sich während der zwei Jahre in der Fessel menschlicher Gesellschaft so sehr gesehnt hatte. Das Mädchen mit dem goldenen Haar, das sie liebte, gab ihr wildes (und weises) Selbst ebenfalls frei. Und dann machten sie sich auf den Weg, um die anderen ihrer Art zu finden.

Von diesem Tag an lebten sie glücklicher als Sie oder ich.

Ich habe Ihnen diese Geschichte aus einem bestimmten Grund erzählt. Wenn Ihre Frau einmal als verschollen gelten sollte und Sie an dunkle Plätze gehen, um sie zu suchen, könnten Sie statt ihrer auf Sylvia und Goldie treffen. Wenn die beiden Ihnen eine Frage stellen, passen Sie auf, dass Sie die Wahrheit sagen. Und machen Sie ja nicht den Fehler zu glauben, dass ein Wolf gefährlicher ist als eine Frau.

Die Geschichte der Bo

Bo (mit bürgerlichem Namen Barbara; wegen ihrer Begeisterung für Schnee zu Schulzeiten auch *Yeti* genannt) hatte eben den letzten Stapel Akten für heute von einem Büro zum anderen kutschiert. Gerade noch rechtzeitig, bevor der Verkehr in der Innenstadt von höllisch auf tödlich umschaltete. Statt dass sich Tausende Menschen, die Hass auf ihre Jobs und Hass aufeinander verspürten, in Metallkäfige quetschen, in denen sie sich gegenseitig nach Hause jagen, sollte man ihnen einfach ein paar Knarren geben und sie das Ganze bei Tempo zwanzig austragen lassen, dachte Bo. Dadurch würde sich die Stadtautobahn sicher etwas lichten.

Selbst für einen Freitag war es ein ungewöhnlich hektischer Arbeitstag gewesen. Bei jedem Stück Papier, das sie als Motorradkurier zustellen musste, hatte es sich angeblich um einen Notfall gehandelt. Wie jedoch etwas, das nicht blutete, eine Krise auslösen konnte – das ging ihr nicht in den Kopf. Sämtliche Sekretärinnen und Rezeptionistinnen, mit denen sie heute zu tun gehabt hatte, hatten ausgesehen, als könnten sie eine ordentliche Portion Ballaststoffe vertragen. Die Bullen hatten Strafzettel verteilt, als würden die Bußgelder in ihre eigenen Taschen wandern. Und ausnahmslos jedes Taxi im Bankenviertel schien wild entschlossen gewesen, zum Lunch ein Motorrad zu fressen.

Bevor sie nach Hause fuhr, zu ihrer Mikrowelle und dem Gefrierschrank voller Bofrost-Gerichte, wollte Bo noch einen Umweg machen, um in einem Sexshop vorbeizuschauen. Am Wochenende wartete ein heißes Date auf sie. Vielleicht würde sie einen Dildo kaufen. Bei dem Gedanken, ihn einer anderen reinzustecken, fühlte sie sich gleich ein wenig größer und böser. Yep! Das war eine echt gute Idee. Einfach in einen Sexshop reinmarschieren und einen Schwanz kaufen, als würde sie so etwas jeden Tag machen. Die lagen da einfach so rum, unter Glas, in einem Verkaufstisch neben der Kasse. Ein ganzes Dutzend großer, pinkfarbener, deformierter Gummi-Hot-Dogs. Dem Verkäufer war das scheißegal. Und außerdem – wen kümmerte schon, was er dachte? Wer interessierte sich dafür, was irgendein Idiot dachte, der in einem abgefuckten Sexshop arbeitete? *Da ist doch nichts dabei*, versuchte sich Bo einzureden und bockte ihr Motorrad auf dem Bordstein zwischen zwei Autos auf, die weit genug auseinanderstanden, damit sie mit ihrer Hinterradfederung Platz hatte.

„Was glotzt du so?“, schnauzte sie einen schmächtigen, alten Penner an, der sie zufällig angesehen hatte. Er blinzelte, konnte sie aber nur verschwommen erkennen und brabbelte: „Haste ma 'n bisschen Kleingeld?“ Das war so ungefähr alles, was er noch zu Leuten sagte, außer: „Schieb ma 'n halben Liter Sangria rüber.“

„Hab keins“, sagte Bo. „Zigarette?“

„Klar“, sagte er und streckte die Hand aus, die so sehr zitterte, dass Bo sich fragte, wie er es bloß schaffte, den Fusel in der braunen Tüte bis an seine Lippen zu heben. Sie zog zwei Zigaretten aus ihrer Schachtel heraus, steckte die eine in seine speckige Brusttasche, die andere zündete sie an und wartete, bis er sie aus ihren Fingern herausgefummelt hatte.

Jetzt konnte er sie deutlich erkennen. Sie war einssiebzig groß und hatte ordentlich was auf den Rippen. Ihr Haar war dunkelblond, und sie trug es kurz wie ein Marinesoldat. Aber nie hätte Onkel Sam diesen Ring da in der Nase geduldet. „Hat das nicht wehgetan?", fragte er.

„Wer schön sein will, muss leiden", sagte Bo und wich der Unterhaltung und seiner Fahne aus.

„Bleib sauber", ermahnte er sie und stützte sich wieder an der Häuserwand ab. Die Fassade war frisch gestrichen, was in dieser Gegend nur eines bedeutete: Dahinter verbarg sich ein Sexshop. Bo schaute auf, um einen kurzen Blick auf das Schild zu werfen. Die Buchstaben, die an der Markise hingen, verkündeten: XXX SUGAR AND SPICE XXX. Sie drückte die schwere Glastür auf, trat ein, und allein der Gedanke, dass ihre Stiefel am Boden kleben bleiben könnten, ließ sie zusammenzucken.

Gleich vorn war der Verkaufsbereich. Hier standen Regale mit eingeschweißten Hardcoremagazinen und Vitrinen mit „Hongkongs besten Ehevollzugshilfen", an denen man vorbeimusste, wollte man in den hinteren Teil gelangen, der mit dem Versprechen lockte: ECHT! LIVE! SEX! SHOW! GIRLS!

Dort hinten stand ein wuchtiger Typ, der, bevor er seine Hand verloren hatte, sicher Biker gewesen war, und verkaufte Wertchips für einen Dollar das Stück. Hin und wieder kamen Frauengruppen auf einer ihrer „Feministischen Touren durch das Rotlichtviertel" in den Shop. Er erklärte ihnen dann immer: „Ohne Begleitung können Se aber hier hinten nich rein, wa." Manchmal bot sich dann einer seiner Kunden (mit anzüglichem Blick) dafür an. Bo fragte sich, ob er ihr dasselbe sagen würde, und sie stellte sich vor, wie sie ihm antwortete: „Danke, ich hab schon eine Begleitung" und dann ein Springmesser zücken würde. Es würde sie alle zurückweichen lassen. Sie steckte die Hand in ihre Jackentasche, um sich zu vergewissern, dass das Schweizer Armeemesser noch da war.

Sie schlich um den Ladentisch mit den Dildos herum, der sie an einen Käfig im Zoo erinnerte. Auf dem Schild könnte stehen: *Hier sehen Sie die wilden, vom Aussterben bedrohten, künstlichen Phalli.* In dem fluoreszierenden Licht sahen sie aus wie sezierte Körperteile. Der gelangweilte Verkäufer warf ihr einen kurzen Blick zu und sagte in teilnahmslosem Tonfall: „Auch wieder da?" Dann wandte er sich wieder seinem Pferderennen zu. Bo lief rot an, so rot wie das Hanky in ihrer Gesäßtasche. *O mein Gott, er hat mich wiedererkannt!* Wie sollte sie mit diesem homophoben Idioten vor der Nase bloß herausfinden, was sie eigentlich kaufen wollte? Dann würde er heute eben keinen Pfennig von ihr sehen.

Sie drehte sich weg und ging zu den Zeitschriften hinüber. Sie ließ ihre Finger über ein paar Cover gleiten, aber wozu sollte sie eins der Magazine herausnehmen? Man konnte ja doch nicht darin herumblättern und einen Blick hineinwerfen. Außerdem stand hier schon ein kleiner Pulk von Männern herum, die die Regale durchstöberten, unter ihnen ein Rollstuhlfahrer und zwei Typen, die mindestens so alt waren wie ihr Großvater. Einer von ihnen schaute auf, sah sie an und schlich davon. Alles, was diese Hetero-Arschlöcher können, ist, einen ständig zu belästigen, dachte Bo bitter und ging auf den Türsteher am Drehkreuz zu. Der sollte bloß versuchen, sie rauszuschmeißen. Er würde schnell erfahren, dass er sich dafür die falsche Frau ausgesucht hatte.

„Chips kriegta bei mir", rief er. „Na, Keule, was läuft? Willst 'n büsch'n was für die Perlen hier ausjeben? 'n echt heißet Trio ham wa heute, 'ne Blonde, 'ne Brünette und 'ne echte kleene Braut aus Asien. Sach ma, kennste eine von den Mädels näher?"

Bo hatte erwartet, dass er sie nicht durchlassen würde. Aber der Blödmann glaubte offenbar, sie wäre ein Mann. Was sollte sie jetzt tun? Wenn sie ihn korrigierte, würde er sie vielleicht rauswerfen, und das wäre demütigend. Herausfordernd und streitsüchtig starrte sie ihn an.

„Chips kriegta bei mir!", rief er über ihre Schulter in den Raum hinein. Dann sagte er vertraulich zu Bo: „Wenn de die Show sehn willst oder 'n Film, dann kriegste die Chips hier bei mir."

Sie hatte das Gefühl, jeder im Laden würde sie beobachten und abwarten, was sie jetzt tat. Sie beschloss, ganz cool zu bleiben, so als würde sie jeden Tag hier reingehen. Sie reichte ihm einen Zwanziger rüber. Er war keineswegs beeindruckt.

„Hau rein!", sagte er, schob vier Stapel mit je fünf Chips zu ihr rüber und ließ sie durch das Drehkreuz. Er schaute ihr hinterher und dachte wehmütig: Warum sind die Schnuckeligen eigentlich immer lesbisch?

Hinten war es viel dunkler. Bo wollte lieber nicht stehenbleiben, weil sie fürchtete, sich dann nicht mehr zum Weitergehen überreden zu können. Warum gewöhnten sich ihre Augen nicht an die Dunkelheit? So würde sie doch garantiert irgendeinem Idioten in die Arme laufen, der schon seinen Schwanz rausgeholt hatte. Und dann fiel ihr ein, dass sie noch ihre Ray-Ban-Sonnenbrille aufhatte. Sie nahm sie ab und steckte sie in ihre Brusttasche. Das Licht war noch immer schummerig, aber sie konnte jetzt gut genug sehen, um zu erkennen, dass sie sich mitten in einem Labyrinth aus kleinen Sperrholzkabinen befand. Die meisten Türen standen offen, und an jeder klebten Fotos, die wie Videocover aussahen.

Die Versuchung, sich ein paar Minuten Privatsphäre zu erkaufen, war allzu verlockend. Sie betrat eine Kabine und zog die Tür hinter sich zu. An einer Wand hing ein Automat. Sie steckte einen Chip hinein, nur um zu sehen, was passierte. Ein Geräusch wie von einer Kaffeemühle drang an ihr Ohr, und ein farbiges Viereck leuchtete an der gegenüberliegenden Wand auf. Eine überraschend schöne, junge Frau kniete auf dem Boden und leckte den Schwanz eines überraschend hässlichen Mannes. Die Bildqualität war nicht besonders gut, doch Bo konnte genug erkennen, um zu sehen, dass er ihn nicht hochbekam. Trotzdem war es seltsam erregend, echten Menschen beim Sex zuzusehen, und das direkt vor ihren Augen!

Dann bemerkte sie, wie sich etwas unterhalb der Bildfläche bewegte, das nicht zum Film gehörte. Waren das etwa Finger, die sich da durch ein Loch in der dünnen Wand drängten? „He, Mann, steck ihn durch", flüsterte eine Stimme. „Ich mach dir den besten Blowjob der Stadt!" Der Typ in dem Film hatte jetzt einen Steifen, und die Frau, die ihn lutschte, legte ihre Hand um den Schaft seines Schwanzes, damit er ihn nicht in voller Länge in ihren Mund steckte. Bo hätte den Kerl am liebsten getötet, aber sie hätte der Schlampe auch gern die Hand in den Nacken gelegt und ihren Kopf nach vorne gestoßen – wohin eigentlich? Und die ganze Zeit über waren da diese winkenden Finger, dieses waghalsige und seltsame Angebot, einem Fremden Lust zu verschaffen. Vielleicht sollte sie ihm die verfickte Hand brechen, aber scheinbar wusste er nicht, wer hier drin war.

„Lass mal – ich ruh mich gerade ein bisschen aus", sagte Bo und ließ ihre Stimme so tief wie möglich klingen.

„Klar … vielleicht später", sagte die Stimme. Und die Finger verschwanden schneller aus ihrem Blick als die einer Vanilla-Lesbe aus der ängstlichen Rosette ihrer Freundin, in der sie gerade auf ein bisschen Scheiße gestoßen war.

Bo fand, sie sollte besser verschwinden, bevor er sie noch entdeckte. Doch als sie an der Tür rüttelte, wurde sie sich plötzlich ihrer Möse bewusst. Die presste sich gegen die Jeansnaht, so wie eine Katze sich ans Bein schmiegt, wenn sie einem klarmachen will, dass es Zeit fürs Frühstück ist. *War-*

um gibt es kein Wort für diesen Zustand? Ich kann schließlich nicht sagen, ich hab einen Ständer, aber ich wette, genauso fühlt es sich an, wenn er steif wird. Ich weiß nicht, ob ich will, dass mir jemand die Klit leckt oder mich vögelt, aber ich fühle mich definitiv nicht passiv oder empfänglich. Es ist ein aggressives Gefühl, etwas Forderndes, und es spielt sich auf keinen Fall nur in meinem Kopf ab. Es ist sogar ziemlich körperlich.

Das hier entwickelte sich allmählich zu einem kleinen Horrortrip. Sie hätte vielleicht einfach in einen feministischen Dildo-Shop gehen und sich einen lilafarbenen Silikondelfin kaufen sollen. Oder einen rosa Maiskolben mit vibrierenden Maiskörnern. Oder sie hätte der Schnecke für Samstagabend sagen sollen, dass sie sich ihren verdammten Glücksspender selbst mitbringen soll! Bo taumelte aus dem Videokabinenbereich heraus und auf die nächste Attraktion zu – eine runde, leicht erhöhte, durch Glaswände abgetrennte Bühne, um die weitere kleine Boxen gruppiert waren, und die wie einer dieser drehbaren Gewürzständer aus Plexiglas aussah, die sich die Yuppies im *Macy's Cellar* kauften.

Die Lautsprecheranlage rasselte (ein Geräusch, das Bo kurz in ihre Schulzeit zurückversetzte), und eine samtweiche weibliche Stimme sagte: „Meine Herren, besorgen Sie sich *Chips*. Die Vorstellung beginnt in *fünf Minuten*! Drei der heißesten, *feuchtesten* und schärfsten Girls der *Welt* werden für Sie die Bühne zum *Beben* bringen. Diese Mädels sind hemmungslos, *unanständig* und kaum zu *halten*! Sie gehen gerne auf Ihre *Wünsche* ein! *Kaufen* Sie *jetzt* Ihre Chips!"

Männer kamen aus den Videokabinen und drängten sich um den Türsteher. Für einen einhändigen Typen war er ziemlich schnell darin, das Geld in Chips umzutauschen. Einer versuchte, unter seinem Arm hindurch einen Chip zu klauen. Der Türsteher hob ihn mit einer Hand hoch und schüttelte ihn so sehr, dass ihm die Zähne klapperten. „Mach das nich noch ma! So was macht mich wütend", sagte der massige Kerl sanft und wechselte den als Entschuldigung hingehaltenen Fünf-Dollar-Schein in Chips ein.

Die Lautsprecheranlage rasselte wieder, und die weibliche Stimme wiederholte exakt die gleiche Ankündigung, legte dieselbe Betonung auf die Worte *Chips, fünf Minuten, feuchtesten, Welt, Beben, unanständig, halten, Wünsche, kaufen* und *jetzt.*

Bo schüttelte den Kopf. Die Bekloppten sterben einfach nicht aus, dachte sie bekümmert und steuerte auf die nächste Kabine zu.

Hinter der Bühne herrschte das totale Chaos. Drei Stripperinnen sollten sich in einem Kabuff zurechtmachen, das kaum größer war als ein begehbarer Kleiderschrank. Es gab nur einen Stuhl und einen kleinen halbblinden Spiegel. Der Boden war übersät mit Sporttaschen, Handköfferchen und hingeschmissenen Klamotten.

„O nein, meine Mascara ist ausgelaufen! Über meine ganze Unterwäsche!", jammerte Crash (mit bürgerlichem Namen Lisa). Ihr langes, blondes Haar war nur zur Hälfte ausgekämmt, womit sie wie das Vorher-Bild für eine PMS-Mittel-Werbung aussah. „Ich kann mein Haarspray nicht finden!" Sie durchwühlte ihre Tanztasche, warf Schuhe, künstliche Fingernägel, Spitzenhandschuhe und alles, was sie sonst noch brauchte, über ihre Schulter auf den Boden.

„Dann trägst du heute eben schwarz, Crash. Kein Schwanz wird das merken", sagte Killer (mit bürgerlichem Namen Brenda) und massierte Lipgloss in ihre Wangen ein. Sie hatte zwar schon einen Ledermini und einen ledernen Nieten-BH an, aber die Reißverschlüsse an ihren schenkelhohen Stiefeln waren noch nicht hochgezogen. Ein schwarzer Pferdeschwanz mit lila Strähnen wippte auf einer Seite ihres größtenteils rasierten Kopfes. „Ich muss heute einen Batzen Geld einfahren.

Die blöde Managerin hat mich schon wieder wegen meiner Augenbraue angemacht. Morgen lasse ich mir auch noch die andere piercen. *Und* die Nippel. *Und* die Wangen. *Und* jede einzelne Stelle zwischen den Fingern und den Zehen!“ Sie kickte das Haarspray rüber zu Crash.

„Das Klo ist schon wieder verstopft“, verkündete Poison (mit bürgerlichem Namen Candy) und zwängte sich in den Raum. Sie trug nichts weiter als einen goldenen String-Tanga. Der metallisch glänzende Stoff schien mit ihrer elfenbeinfarbenen Haut zu verschmelzen. Sie war kleiner als die anderen beiden Tänzerinnen, aber sie hatte einen festen Körper von den vielen Tanzstunden und vom Fußball. Durch ihr langes, schwarzes Haar zog sich eine exzentrische platinblonde Strähne. „Wo steckt überhaupt Bad Dog? Es ist ihre Aufgabe, sich um so eine Scheiße zu kümmern.“

„Im wahrsten Sinne des Wortes.“ Killer grinste und malte sich große ägyptische Augen um ihre eigenen. Dann legte sie ihre Lieblingsarmbänder um. Die großen, pyramidenförmigen Nieten passten gut zu denen an ihrem BH. Sie griff nach dem edlen Pit-Bull-Halsband, das ihr Outfit komplett machte. „Jetzt mach schon, Poison, zieh dich um. In fünf Minuten geht's los.“

„Ich hab echt die Nase voll von Bad Dogs faulen Ausreden“, sagte Crash und schlüpfte in ein kirschrotes Strapsbustier, ohne sich die Mühe zu machen, es vorher aufzuhaken. Sie ließ die Strümpfe gleich am Strumpfhalter und zwängte sich hinein wie in eine zu eng gewordene Jeans. Wie durch ein Wunder entstand keine Laufmasche. Poison bückte sich und stellte Crashs scharlachrote Lederpumps so nebeneinander, dass Crash gleich hineinschlüpfen konnte. „Versuchst du mir gerade zu sagen, dass du heute gern das Opfer für uns spielen willst?“, fragte Crash. Sie griff nach einem Kamm, schob Killer mit dem Ellbogen aus dem Weg und begann, sich das Haar zu einem haarlackglänzenden Turm hochzutoupieren.

„Kann ich machen“, sagte Poison. „Aber seid nicht so grob. Wenn wenigstens ein Stück Teppich auf dieser Bühne liegen würde! Es tut so verdammt weh, wenn man auf diesen harten Boden fällt.“

Killer stand auf und zog die Reißverschlüsse ihrer Stiefel hoch. „Wenn man fällt, ist der Boden nie weich“, sagte sie. „Wo zum Teufel ist dein Kostüm? Ich will nicht schon wieder was vom Lohn abgezogen bekommen, bloß weil du beschlossen hast, für immer in deiner Unterwäsche herumzustolzieren.“

„Ich muss mich nicht aufstylen. Ich bin ein asiatisches Porzellanpüppchen, eine demütige Geisha, der feuchte Traum eines jeden Seemanns. Das wird diese weißen Jungs in den Wahnsinn treiben“, trällerte Poison vor sich hin.

„So ein richtig sanftes, gefügiges Thaimädchen“, sagte Killer und warf ihr einen bösen Blick zu.

„Ich zieh sofort meinen Kimono an“, sagte Poison hastig und nahm ihn vom Bügel, der an einem Nagel an der rissigen, giftgrün verputzten Wand baumelte. In der alten, weißen Seide schimmerten nur noch Reste der ehemals goldenen Spitze. „Keine Angst, Killer, ich hab genug Spielzeug in den Taschen, um die Kunden zufriedenzustellen.“ Sie griff in das Durcheinander auf dem Boden und zog den mit einem grünen Chrysanthemenmuster bedruckten asiatischen Gürtel hervor, schlang ihn um die Taille und fischte dann ihre goldenen Stilettos heraus.

Es klopfte an der Garderobentür, und das ganze Kabuff wackelte.

„Meine Damen ...“, sagte die Managerin und trat ein, noch bevor jemand „Herein!“ gerufen hatte. Sie hieß Carole, aber alle nannten sie nur *die Managerin*. Sie war früher selbst Stripperin gewesen, und ihr entging es nie, wenn sie zu spät kamen, dafür vergaß sie oft, ihnen ein Zeichen zu geben, wenn ihre Zeit auf der Bühne vorbei war. Ständig drängte sie

sie dazu, ohne Mittagspause zu arbeiten oder Überstunden an schlecht besuchte Schichten ranzuhängen. Die Tänzerinnen hassten sie, auch wenn Carole keine sexuellen Gefälligkeiten verlangte wie die Typen, für die sie bisher gearbeitet hatten. „Wo ist denn eure reizende Assistentin?“, fragte sie abfällig.

„Bad Dog hat die Flocke gemacht“, sagte Killer kurz.

„Erzählt's mir später. Ihr seid jetzt dran.“ Sie schloss die Tür, und Crash schickte ihr eine Geste hinterher, für die man in Sizilien seit Hunderten von Jahren umgebracht wird.

Die drei Stripperinnen traten eine nach der anderen hinaus auf den Flur und gingen zum Bühneneingang.

„Wir brauchen Musik“, brüllte Killer, und ihr Band lief an. Crash hatte die Songs darauf zusammengestellt und es „Hommage an die Popkultur und ihre Obsession für böse Mädchen“ genannt. Das erste Stück war *I Know What Boys Like* von den *Waitresses.* Die Managerin hasste es.

Die Stripperinnen traten auf die Bühne, nahmen ihre Positionen ein und teilten so die Kunden untereinander auf. Sobald einer anfing, Trinkgeld zu geben, versammelten sich alle drei vor ihm, es sei denn, der Kunde gab ihnen zu verstehen, wen er bevorzugte. Die Bühne lag etwa einen Meter höher, sodass sich die Gesichter der Kunden auf Kniehöhe der Stripperinnen befanden. Die Schiebefenster zwischen Kabine und Bühne gingen hoch und runter. Damit der Sichtschutz oben blieb, mussten die Männer immer wieder Chips in den Automaten nachwerfen. Außerdem gab es noch ein kleines Loch in dem Plexiglas, wo zusammengefaltete Geldscheine durchgeschoben werden konnten.

Weil sie Trinkgeld nehmen durften, bekamen Stripperinnen nur den Mindestlohn. Pro Stunde waren zwei zwanzigminütige Shows angesetzt. Eine Schicht dauerte acht Stunden. An einem richtig guten Abend konnte jede von ihnen fünfhundert Dollar verdienen. Aber auch an normalen Abenden verdienten sie immerhin so viel, dass es weit attraktiver war zu strippen, als im Büro zu arbeiten. Eigentlich sollten sie prozentual am Verkauf der Chips beteiligt werden, aber sie wussten, dass die Managerin sie übers Ohr haute.

Seit drei Monaten arbeiteten sie jetzt hier. Drei Tage die Woche. Niemand strippte Vollzeit. Stripclubbesitzer hatten kein Interesse daran, ihren Gewinn in eine Krankenversicherung oder in andere Vorsorgeleistungen für die Tänzerinnen fließen zu lassen. Die drei hatten endlich eine „Beförderung" in die Abendschichten am Wochenende erreicht, wo man anständig Geld verdienen konnte. Deshalb wurden sie wahrscheinlich bald gefeuert. Alle Manager taten das von Zeit zu Zeit, um Platz zu schaffen für neue Körper und neue Gesichter. Trotzdem schoben sie immer Gründe vor, die beleidigend und persönlich waren: „Du kommst ständig zu spät, du stehst unter Drogen, du kannst nicht tanzen, die Kunden mögen dich nicht, deine Titten hängen, du bist zu fett." Wer clever war, wechselte den Club, bevor es dazu kam, doch eigentlich war keine scharf darauf, eine neue Nummer einzustudieren oder mit fremden Tänzerinnen aufzutreten. Einige Heterostripperinnen waren total verkrampft, wenn sie mit Lesben auftreten sollten, und Transen wollten immer die Besten sein. Drei Freundinnen, die zusammenarbeiteten, das war etwas Besonderes. Dass Stripperinnen zusammenhielten und einander beschützten, war für die Manager eine gespenstische Vorstellung. Es machte sie nervös.

Sie hätten ihr Geld auch als Straßenhure verdienen können, aber das war um einiges gefährlicher. Hier im Club gab es keinen Kundenkontakt. Zwar war mal ein Mädchen aus einer anderen Schicht auf dem Weg zu ihrem Auto verfolgt und vergewaltigt worden, doch das konnte jeder Frau passieren. In einem der Stripclubs ein paar Straßen weiter wurde Lap Dance angeboten, und damit verdiente man angeblich irre viel Geld, aber das Ganze hörte sich nach einem echt schwierigen Job an. Auf wie viele verschiedene Arten konnte man sagen: „Haste nicht noch ’n Schein? Sonst geh ich zum Nächsten“ – und es auch noch kokett klingen lassen?

Killer hatte sich einmal als Domina versucht, aber es hatte sie gelangweilt. „Ich hab den ganzen Tag nur auf meinem Arsch gesessen und darauf gewartet, dass das Telefon klingelt“, hatte sie sich beschwert. „Die anderen Dominas fanden mich komisch. Und die meisten Kunden hassten Punks. Das ist alles so ein Schwindel! In jeder Domina-Anzeige steht *Kein Sex*, richtig? Aber sie machen es ihnen mit der Hand! Ich hab den Fehler gemacht, darüber zu reden, und danach rissen die geifernden Kommentare der anderen Huren nicht mehr ab. Einmal hatte ich einen Sklaven, der sich auf dem Boden einen runterholte und genau auf meinem Schuh abspritzte. Da bin ich ausgerastet. Ich hab mir den anderen Schuh ausgezogen und bin ihm hinterher. Ein paar Mal hab ich ihn damit erwischt, bevor die Besitzerin des Clubs mich rausgeschmissen hat.“

Heute waren alle Kabinen belegt. Es war Freitagabend, und der einfache Arbeiter war reif für ein bisschen Spaß. Alle drei Mädels tanzten jetzt und tauschten für einen weiteren Song noch mal die Plätze auf der Bühne. Poison hatte ihren Kimono bereits abgeworfen, vorher aber die Nippelklemmen und den kleinen, batteriebetriebenen Vibrator aus der Tasche genommen. Crash nahm gerade Geld von einem Typen entgegen, der ihren Arsch sehen wollte. Sie drehte sich um, zog ihr Höschen herunter und ließ ihn vor seinem Gesicht kreisen. Er zeigte ihr einen Fünfzig-Dollar-Schein und sagte: „Schenkst du mir dieses scharfe, kleine Höschen, Baby?“ Sie schob es Zentimeter für Zentimeter herunter, beugte sich zu ihm hinab, nahm die fünfzig Dollar mit den Zähnen entgegen, und als sie ihm das rote Stück Satin durch das Loch schob, dachte sie: Baby kriegt morgen neue Schuhe.

Poison schaffte es irgendwie, auf ihren Stöckelschuhen herumzuwirbeln und gleichzeitig den Vibrator in ihrer Möse rein- und rauszuschieben, während ihre andere Hand damit beschäftigt war, an den Nippelklemmen zu ziehen. Für Trinkgelder hatte sie keine Hand mehr frei. Crash tanzte zu ihr hinüber und spielte dabei an ihren Nippeln, während sie mit der freien Hand das Geld einsammelte.

„Schätzchen, mach das nicht“, rief einer der Männer Poison zu. „Tu dir doch nicht so weh.“

„Leck mich!“, antwortete Poison und streckte ihm die Zunge heraus. „Das ist der einzige Teil der Show, der mir gefällt, du Arsch!“

Prompt ließ er den Sichtschutz seines Fensters herunter, und dort blieb er.

„Jetzt hast du den Goldesel verjagt“, sagte Crash zu Poison und zog an der Kette, die die Nippelklemmen miteinander verband. „Wenn du so weitermachst, wirst du dein Jurastudium nie beenden.“

„He!“, brüllte Killer zu Poison herüber und warf den Kopf zur Seite, sodass ihr schwarzlila Pferdeschwanz durch die Luft flog. „Du gehörst zu mir!“

Poison kicherte. Man konnte sich auf Killer verlassen: Sie fand immer einen Vorwand für ein kleines Girl-Catchen auf der Bühne, und die Jungs liebten das.

„Na und?“, schrie Poison zurück. „Ich will, dass sie mich vögelt, und du wirst uns nicht daran hindern!“ Sie legte ein fulminantes Tanzfinale hin, während Crash die Arbeit mit dem Vibrator übernahm. Dann schnappte sie sich Crash und versuchte, sie heftig zu küssen.

„Nimm gefälligst die Pfoten aus meinem Beehive!“, sagte Crash gereizt und erwiderte den leidenschaftlichen Kuss. „Es sieht scheiße aus, wenn er zusammenfällt und die Haare vor meinem Gesicht herumhängen.“

Killer kam zu ihnen hinübergestürmt; sie sah wirklich wütend aus. Die hellen Lampen über ihnen hatten die Bühne in einen Brutkasten verwandelt. Crash und Poison bemerkten den Schweiß auf Killers Schultern und über ihrem Leder-BH. Killer tat, als würde sie Poison eine runterhauen, die ihrerseits einen eleganten Sturz auf den Boden hinlegte. Während die Kunden die Automaten ununterbrochen mit Chips fütterten, als hinge ihr Leben davon ab, trugen die Blonde in ihrem roten Korsett und die Brünette im Ledermini einen Kampf auf der Bühne aus, aus dem Killer schließlich als Siegerin hervorging. Sie legte Crash übers Knie und versetzte ihr ein paar nicht ganz so vorgetäuschte Schläge.

„Es tut mir leid, es tut mir leid!“, heulte Crash und versuchte, ihren Beehive zu retten. Poison tanzte am Bühnenrand entlang, zog dabei den japanischen Gürtel zwischen ihren Beinen vor und zurück, tat so, als würde sie sich damit auspeitschen, sammelte die Scheine ein, schenkte den Kunden ein paar sexy Ooh-ja-Baby-gib's-mir-Gesichter und denen, die mehr als einen Dollar rüberschoben, spielte sie vor, dass sie sich selbst befriedigte.

„Jetzt reg dich nicht so auf, Schätzchen“, rief Crash, als sie genug davon hatte, von Killer an den Haaren gezogen zu werden. „Wir können sie uns doch teilen!“

Poison musste die ganze Zeit lachen, als sie von ihren beiden Freundinnen geschnappt und von einer zur anderen geworfen wurde. Trotz der ganzen Zuschauer da unten amüsierte sie sich prächtig.

„Ich hab keine Angst vor dir!“, erklärte sie Killer. Und dann war Crash an der Reihe, das Geld einzusammeln, während Killer Poison auf die Knie „zwang“, sich langsam den ledernen Nieten-BH und den Mini auszog und ihr „befahl“, sie zu lecken.

Normalerweise schaute Crash nicht so genau in die Kabinen hinein. Alles, was sie erkennen konnte, waren Hände und grüne Scheine. Doch ein Kunde hatte es geschafft, sie wütend zu machen. Der Sichtschutz seines Fensters war oben, seit sie auf der Bühne waren, und er hatte nicht ein einziges Mal Trinkgeld gegeben. Deshalb preschte sie jetzt zu dieser Kabine hinüber und warf einen Blick hinein.

„Was glaubst du, wo du hier bist“, blaffte sie, „bei der Caritas?“ Und dann sah sie die Brüste. „He, hier ist ’n Mädel drin“, schrie sie.

Das Klickern der Stöckelschuhe sagte ihr, dass Killer und Poison schon auf dem Weg waren.

Die Kabine bot gerade genug Platz, dass man stehen und sich einen runterholen konnte. Bo fragte sich, wozu der Automat an der Wand da war. Wer wollte schon einen Film sehen, wenn es eine Liveshow gab?

Drei überirdisch schöne Wesen betraten die Bühne, und ihr blieb fast das Herz stehen. Sie sahen genauso umwerfend aus wie diese Fick-mich-hier-und-jetzt-Schönheiten, die sie in den Discos nie anzusprechen wagte. Weil die Bühne etwas höher lag, konnte sie ihnen direkt unter die Röcke gucken. Aber noch faszinierender als ihre Pussys fand sie ihre Schuhe. Bo liebte Stöckelschuhe. Diese langen, dünnen Absätze sahen aus, als könnten sie den Boden durchlöchern. Wie konnte man darin bloß all diese Drehungen und Kicks hinbekommen? Ihr Herz schlug wie wild aus Angst, eine der Tänzerinnen könnte ausrutschen und hinfallen, aber sie hielten das Gleichgewicht. Es war wie Zauberei.

Als der Sichtschutz ihres Fensters das erste Mal nach unten sackte, erschrak sie so sehr, dass sie sich fast in die Hosen gemacht hätte. Was sollte sie tun? Die Kabine verlassen, damit jemand anderes hineinkonnte? Sie öffnete die Tür einen Spalt, aber niemand sonst kam aus seiner Kabine heraus.

„Gehst du?“, hörte sie jemanden, der keine Kabine mehr abbekommen hatte, hoffnungsvoll fragen.

„Na ja, eigentlich will ich nicht, aber ich kann nichts sehen."

Er warf ihr einen merkwürdigen Blick zu. Bo machte sich auf einen homophoben Kommentar gefasst. Doch er sagte nur: „Du musst einen Chip reinwerfen, dann geht die Klappe wieder hoch."

Bo fühlte sich wie ein Volltrottel. Sie murmelte „ach so, danke" und zog die Tür wieder zu. Die war schief, sodass sie ordentlich daran ruckeln musste, damit sie ins Schloss einrastete.

Mit heruntergelassener Klappe war es richtig dunkel. Sie tastete nach dem Schlitz für die Chips. Als der Sichtschutz wieder hochging, gab er den Blick frei auf etwas noch Schöneres als nur die Tänzerinnen an sich. Sie kämpften miteinander! Bo nahm einen weiteren Chip und hielt ihn über den Schlitz, bereit, ihn in dem Moment, wenn der Sichtschutz runterzugehen drohte, fallen zu lassen. Die Lederbraut mit dem schwarzen Pferdeschwanz hatte sicher eine feste Hand. Doch ihre Freundin im roten Korsett schien das zu mögen. Eine Menge Mädels hatten Bo gegenüber schon mal vorsichtig durchblicken lassen, dass sie solche perversen Spielchen mögen würden – auch die Kleine, mit der sie für Samstagabend verabredet war. Bo fand es cool, dass sie bei den Mädels offenbar so tough rüberkam. Doch jedes Mal, wenn es dann dazu kam, dass sie tatsächlich eine fesseln oder etwas härter anfassen wollte, war es plötzlich immer der falsche Moment. Entweder wollte die andere es dann zu sehr, oder aber sie war sich nicht mehr sicher, ob sie es überhaupt noch wollte. Zu viel Erwartungsdruck wahrscheinlich. Und außerdem – Bo wollte natürlich niemandem wirklich wehtun. Oder doch?

Nach all dem Haareziehen und der ganzen Balgerei auf der Bühne regte sich ein recht seltsames Gefühl in Bos Unterleib. Es war furchtbar heiß da unten. Sie kramte in der rechten Hosentasche nach ihrem Bandana-Tuch, stellte dann fest, dass sie es diese Woche auf der anderen Seite trug, fischte es heraus und wischte sich damit übers Gesicht. Sie sollte sich verdammt noch mal nicht so verarschen lassen. Das war schließlich alles nur Show. Das waren Hetentussis, die Lesbensex imitierten! Trotzdem zog sie ihr T-Shirt aus und begann, ihre Brüste zu kneten. Fest.

Der Sichtschutz senkte sich, und Bo warf schnell einen Chip nach. Während er wieder nach oben fuhr, zog Bo ihren Reißverschluss auf. Sie mühte sich damit ab, die Hosen über die Hüften nach unten zu zerren, und schob dann die Finger in sich rein. Einen kurzen, panischen Moment lang hatte sie die Vorstellung von hereinstürmenden Bullen, doch selbst die Angst, an so einem Ort und mit heruntergelassenen Hosen erwischt zu werden, ließ ihre Möse noch nasser und praller werden. Mit nur einem Finger auf ihrer Klit würde es zwar etwas länger dauern, bis sie kam, aber sie hätte eine Hand frei, um ihre Titten zu bearbeiten. Wenn sie nur wüsste, wozu dieses Loch in der Plexiglasscheibe da war. Etwa, um die Stripperinnen zu küssen? Wie ekelhaft!

Sie war kurz davor zu kommen. Natürlich leckte diese kleine Asiatin da die Katzenlady nicht wirklich, aber Bo wusste, wie sich das anfühlte, wusste, wie es schmeckte. So hilflos zu sein … mit all den glotzenden Leuten ringsherum …

Schon wieder war ihr der Blick versperrt, doch diesmal nicht vom Sichtschutz. Ein wütendes blondes Etwas in roten Dessous hatte sich vor der Plexiglasscheibe aufgebaut. Die Frau sah aus, als würde sie Bo gleich mit ihren langen roten Nägeln durchbohren. Dann schrie sie auf: „He, hier ist 'n Mädel drin!“ Bos Erregung versank in einer Flutwelle aus Scham und Angst.

„He, und was ist mit uns?“, rief einer der Männer, als auch die anderen Tänzerinnen zu ihrem Fenster herüberkamen. Ich muss hier raus, dachte Bo und zerrte ihre Hosen hoch. Sie stieß gegen die Tür, aber die klemmte.

„Willst du schon gehen?“, säuselte die Brünette. Sie trug nichts weiter als Stiefel, Armbänder und ein Hundehalsband. „Wir wollten gerade eine Extra-Vorstellung geben, nur für dich allein. Wir treffen hier nicht so oft auf andere Lesben.“

„Macht euch keine Mühe, ich wollte sowieso gerade gehen“, keuchte Bo und kämpfte mit der Tür.

„Feigling“, sagte die Asiatin, die nur noch ihre goldenen Stöckelschuhe trug.

„Gefällt dir die Show?“, stichelte die Blondine und ließ ihre Hüften kreisen. Ihre Brüste hatte sie aus den Körbchen des Strapsbustiers gehoben. Bo konnte nicht aufhören, ihr Schamhaar anzustarren. Sie spürte, wie ihr bei all dieser aufdringlichen weiblichen Nacktheit und diesem aggressiven Auftreten der Schweiß ausbrach.

„Nein“, sagte Bo. „Die Show gefällt mir nicht.“

Das traf sie alle drei. „Aber wir geben uns solche Mühe“, schmollte die Blonde. „Gibt's irgendetwas, was du gern sehen würdest? Willst du, dass ich den Vibrator durch das Loch schiebe, damit du daran lutschen kannst?“

„Das ist doch krank“, brauste Bo auf. „Wie könnt ihr so etwas tun? Es ist entwürdigend, wenn sich ein paar Typen einen abrubbeln, während ihr herumhampelt und mit dem Arsch wackelt!“

„Crash, o Crash, bitte entwürdige mich weiter“, säuselte die Asiatin. Und dann fingen sie an, sich tief zu küssen, die Hand zwischen den Beinen der anderen. Dieser Anblick brachte Bo auf die Palme.

„Hört auf damit! Das ist ja ekelhaft. Mich könnt ihr nicht verarschen. Ihr seid doch nichts als ein Haufen Hetenschlampen, die für Geld alles machen. Ihr habt doch überhaupt keine Ahnung, wie man eine Frau liebt.“

Die Tür quietschte, als Killer sie plötzlich aufzog. „Glaubst du wirklich?“, fauchte sie und zerrte Bo am Gürtel nach draußen. Einen Moment lang sah Bo sich der gepiercten Augenbraue einer wütenden Sirene gegenüber, im nächsten fand sie sich auf dem Boden wieder und starrte auf die Stiefelabsätze vor ihren Augen. Ihre Hände wurden mit Handschellen hinter dem Rücken gefesselt, und schon stand sie wieder aufrecht. Bo war ganz schwindlig von dem schnellen Hoch und Runter. *Wow! Dieses Mädchen hatte ihren Spinat gegessen!*

Der Türsteher verließ seinen Platz am Drehkreuz. „Jibt's hier 'n Problem, Killer?", fragte er und musterte Bo.

„Nicht mehr", erklärte ihm Killer. „Wir haben nur eine neue Assistentin gefunden. Vielleicht ist das ja mal ein braver und kein unartiger Hund. Du bist doch ein braver Hund, Herzchen?" Sie boxte gegen Bos Oberarm. „Na? Antworte!"

„Bringt se besser nach hinten, bevor die Managerin se sieht", sagte er. „Sie is gerade raus, um sich wat aus der Apotheke zu hol'n, aber se is jede Minute zurück."

Ein Summer ertönte und signalisierte, dass die Show vorbei war. Bo dachte daran, sich zu wehren. Aber wie weit würde sie schon kommen mit diesen verdammten Handschellen? Killer schob sie vorwärts, und Bo setzte sich in Bewegung. Männer kamen aus den Kabinen, die meisten wirkten gekränkt. Ein paar sahen aus, als wollten sie sich beschweren, aber Killer sagte deutlich: „Der Erste von euch Typen, der mir die Ohren volljammert, fliegt raus hier. Die Show ist vorbei."

„Mach das doch lieber bei mir", flehte einer von ihnen und sah sehnsüchtig auf Bos Handschellen.

„Dir würde es viel zu sehr gefallen", sagte Killer verächtlich. Bo traute ihren Ohren nicht. Dieses Mädel war *nackt*. Wie konnte sie so zu einem Raum voller Männer sprechen, die sie von oben bis unten begaffen konnten? Hatte sie denn keine Angst?

Killer schob Bo in die Garderobe und stieß sie zu Boden. Bos Gesicht verschwand in einem Berg Reizwäsche aus Nylon, Lycra, Spitze, PVC, Satin, Velours. Irgendetwas – wahrscheinlich ein Paar Stöckelschuhe – bohrte sich in ihren

Bauch. Der winzige Raum roch nach Parfum, Make-up, Haarspray, Mädchenschweiß und Möse. Bo glaubte, darin zu ersticken. Sie zog den Geruch von Motoröl und Bourbon vor. All diese luftigen, stretchigen, flüsternden, durchsichtigen, engen, hauchdünnen, zarten, glänzenden, femmigen Teile machten sie fertig. Klamotten sollten strapazierfähig sein, bequem, robust und wetterbeständig. Wie kamen sie bloß in solche Fähnchen rein und wieder raus? Woher nahmen sie den Mut, halb nackt herumzulaufen? Wie konnten sie Kleidungsstücken vertrauen, die von klitzekleinen Häkchen und Ösen und hauchdünnen Gummibändern zusammengehalten wurden?

Dann stieß Killer ihr leicht in die Rippen. „Sieh mich an, Boy!"

„Ich bin nicht euer verdammter Boy", sagte Bo hitzig und weigerte sich, sich herumzudrehen.

„Das stimmt", sagte eine andere Stimme. „Es ist aber nicht besonders klug, sich mit Killer anzulegen. – Ey, runter da, das ist meine *Einführung ins Schadensersatzrecht*! Hast du 'ne Ahnung, was so ein Lehrbuch kostet?"

Der nächste Tritt war schon weniger sanft. Bo gab auf und rollte sich gerade so weit auf die Seite, dass sie alle im Blick hatte. Gott, sie strahlten etwas Grausames aus, wie die drei Hexen in *Macbeth*. „Macht die Handschellen ab", sagte Bo, ohne große Hoffnung, dass sie es tun würden.

Sie lachten. Bo war nicht begeistert davon, ihr Belustigungsobjekt zu sein.

„Meinen Namen kennst du ja schon", sagte Killer. „Das da ist Poison, und der Bomber hier heißt Crash."

Bo weigerte sich mitzuspielen und schwieg.

„Ich schätze, wir müssen dich Matschbirne nennen", sagte Poison.

„Oder Arschgesicht", fügte Crash hinzu.

„Oder einfach Fleischklumpen", fasste Killer zusammen.

Tolle Auswahl.

„Bo“, murmelte die Butch auf dem Boden. „Ich heiße Bo.“

„Bo, wie *Boah, bin ich blöd?*“, sagte Crash nachdenklich. „Meinst du nicht, dass es unhöflich ist, ein Mädchen Schlampe zu nennen, wenn sie einfach nur will, dass du dich gut amüsierst, Babyboy?“

Killer prustete. „Babyboy, das ist gut. Wie alt bist du, Schnucki? Höchstens siebzehn, oder?“

„Ich bin zweiundzwanzig“, fauchte Bo zurück. „Und du siehst alt genug aus, um meine Mutter zu sein.“

„Das war Nummer eins“, sagte Killer sanft. „Wir führen eine Strichliste für dich, in Ordnung? – Poison, was hat sie bei sich?“

Poison kniete sich hin und durchwühlte Bos Taschen. Das Schweizer Armeemesser erntete schallendes Gelächter.

„Das werde ich in Gewahrsam nehmen“, sagte Poison und wedelte damit vor Bos Nase herum. „Dieser lächerliche Krötenspieß kann dich nicht vor uns beschützen, du kleines Schaf.“

„Gib mir mein Messer zurück!“, rief Bo.

„Halt die Fresse!“, fauchte Crash und sah nervös über ihre Schulter. „Hier hören die Wände mit.“

Killer beugte sich herunter. Ihre Lippen waren zwei Zentimeter von Bos Nase entfernt. „Sei nicht blöd, mein Lämmchen. Keine von uns mag dein kleines Spielzeug. Wenn wir fertig sind mit dir und du ein braver Junge warst, bekommst du es wieder, capito?“

„Hört mal, das läuft doch völlig aus dem Ruder“, sagte Bo. „Wenn ihr mich *jetzt* gehen lasst, rufe ich auch nicht die Bullen. Okay?“

„Jetzt pass mal auf, Schnuckilein“, sagte Crash zärtlich. „Nur wenn *du* absolut alles tust, was wir von dir verlangen, dann werden *wir* die Bullen nicht rufen und dich anzeigen. Schließlich hast du dich hier reingeschlichen. Okay?“

Bo murmelte irgendetwas vor sich hin.

„Hab ich da Widerworte gehört?", fragte Poison mit großen Augen. „Killer, ich glaube, das war eine sexistische Bemerkung." Poison kam einen Schritt auf Bo zu und gab ihr eine Ohrfeige. Der brennende Schmerz trieb Bo Tränen in die Augen. „Das hier ist ein ziemlich kleiner Raum. Hier ist kein Platz für fanatische Hassreden."

„Ich weiß nicht, wie es euch geht, Mädels, aber mich macht das Tanzen immer ganz scharf", sagte Killer und bedachte Bo mit einem nicht gerade mütterlichen Lächeln.

„O ja. Ich brauche jetzt sofort einen Orgasmus", bestätigte Crash. Poison sagte nichts, deshalb gab Crash ihr einen Schubs.

„Autsch. – Unbedingt!"

„Dann werden wir unser kleines Spielzeug mal so festbinden, dass es etwas im Rücken hat", sagte Killer und drängte Bo in eine Ecke. „Keine Fluchtversuche", warnte sie und zeigte ihr den Schlüssel für die Handschellen. „Crash hat eine Knarre in ihrer Handtasche. – Stimmt doch, Schätzchen?"

Crash steckte gehorsam die Hand in ihre Tasche, richtete sie auf Bo und sagte: „Genau. – Keine Bewegung, du Trottel."

„Blödsinn, sie hat überhaupt keine …" Plötzlich sah Bo in die Mündung einer Beretta.

„Ich hab sogar einen Waffenschein", erklärte Crash. „Ich hab mal beim Wachschutz gearbeitet. Sollte ich jemals von der Warteliste kommen, werde ich Polizistin. Meinst du, die blaue Uniform würde mir stehen?"

Killer nutzte Bos Überraschtsein aus, öffnete eine Handschelle und kettete sie an ein Wasserrohr. „Versuch erst gar nicht, Tarzan zu spielen", warnte sie Bo. „Es ist das Rohr fürs heiße Wasser. Du wirst damit nur erreichen, dass du dich verbrühst. Und jetzt leck mich. Und mach es schnell. Ich muss in fünf Minuten zurück auf die Bühne."

Sie starrten sich einige unendliche Sekunden lang an – die triumphierenden Schlampengöttinnen und ihre aus der Fassung gebrachte, gekidnappte Touristin.

„Vielleicht weiß sie nicht, wie man eine Möse leckt", schlug Poison hilfsbereit vor. „Vielleicht ist sie eine von diesen grässlichen Hetentussis, die sich die Haare kurz schneiden lassen, in Lesbenkneipen herumhängen und so tun, als ob sie dazugehören."

„Und?", fragte Killer ungeduldig. „Wird's bald? Weißt du, was man mit einem Stück Kirschtorte machen muss, du Milchzahn, oder machst du deinen Mund nur zum Stänkern auf?"

Sie würden sie nicht gehen lassen. Es war sinnlos, sich zu wehren. Wer hätte je gedacht, dass Mädchen mit Lippenstift und Push-up so gemein sein konnten.

„Schon gut", sagte Bo endlich und sah auf den Boden. „Ich mach's."

Es war nicht einfach, ihre Zunge ganz zwischen Killers Schamlippen zu bekommen. Mit einer Handschelle ans Wasserrohr gekettet, konnte sie ihren Nacken nicht im richtigen Winkel beugen. Aber sie tat ihr Bestes, und Killers biegsame Tänzerinnenhüfte und ihre schlanken Schenkel erleichterten Bo die Arbeit. Aus dem Augenwinkel heraus beobachtete sie, wie sich die anderen Mädels umzogen und das Make-up erneuerten. Verdammt noch mal, wenn sie sich hier schon so demütigte, könnten sie wenigstens zugucken!

„Du bist gar nicht so schlecht", sagte Killer und zog an ihrem Ohr. „Mach das schneller! – Ich hab schneller gesagt, nicht fester, du Idiot!"

Killers kleine Schamlippen waren lang und dünn wie die Hälften einer Schwertmuschel. Ihre tränenförmige Klit war winzig, eine Saatperle. Sie schien es zu mögen, wenn Bo ihre Zunge drumherumgleiten ließ, ohne sie wirklich zu berühren. Der Gedanke, sie zu beißen, war sehr verlockend, aber dann würde sie wahrscheinlich an diesem Wasserrohr angekettet bleiben, bis sie verhungert war.

„O ja, genau so. Mach weiter!“, sagte Killer und umklammerte Bos Kopf. Plötzlich klopfte es an der Tür. Eine der anderen beiden rief zurück, dass sie gleich fertig sein würden. Killer kam lautlos und biss sich in die Hand dabei. Bo fühlte, wie ein sexueller Schauer ihren eigenen Körper durchflutete, als Killer zum Höhepunkt kam. Bo bekam kaum noch mit, wie die Tänzerinnen der Reihe nach den Raum verließen und die Tür hinter sich schlossen.

Sie hatten ihr eine Hand frei gelassen. Es war die falsche Hand, die ungeschicktere, aber etwas anderes war nicht in Sicht. Halt – da war Poisons Vibrator! Sie hatte ihn auf dem Boden liegenlassen. Bo musste einige Verrenkungen anstellen, um mit der Stiefelspitze heranzukommen. Sie angelte danach, bis sie ihn schließlich in Griffweite hatte.

Mit hochgezogenen Hosen würde sie nie zum Orgasmus kommen. Irgendwie schaffte sie es, ihre Stiefel aufzubekommen, die Jeans mit einer Hand aufzuknöpfen und sich herauszuschlängeln. Zum Glück hielt sie nichts von Unterhosen. Sie schloss die Augen und versuchte, sich an die genaue Form von Killers Klit zu erinnern, daran, wie sie die Handflächen auf Bos Ohren gepresst hatte, wie Killers Erregung angestiegen war und die anderen Mädchen schneller zu atmen begonnen hatten, wie sie selbst nicht hatte flüchten können, nicht weggekommen war und nicht gewusst hatte, was als Nächstes passieren würde.

Ihre linke Hand war einfach ungelenkig! Die Finger rebellierten und verkrampften sich. Frustriert schaltete Bo den Vibrator an und hielt ihn an ihre äußeren Schamlippen. Sie schämte sich, so ein Teil auch nur anzufassen. Oft genug hatte sie diese Dinger in Sexshops gesehen, in Schachteln mit dämlichen Bildern von Frauen vorne drauf, die sie sich ans Gesicht hielten. Das Teil fühlte sich ganz gut an, aber es verfing sich immer wieder in ihrem Schamhaar. Sie versuchte, den Vibrator auf ihre Klit zu richten, aber sie war so nass, dass die Spitze immer nach unten und in sie hineinrutschte. Dort schien er endlich zufrieden zu sein, brummte vor sich hin, während Bo ihre Klitoris streichelte.

Das war einfach nicht genug! Sie brauchte mehr, egal was, irgendetwas, was sie über den Rand hinaustrieb. Mit wildem Blick starrte sie im Raum umher. Gleich neben ihrem rechten Schenkel lag ein weiteres Liebesgeschenk von Poison, ein hingeworfenes Paar Nippelklemmen. Ein paar Mal hatte Bo es schon geschafft, nur durch das Zwirbeln ihrer Brustwarzen zu kommen. Es war schwierig, die Dinger mit einer Hand festzumachen. Ihre Nippel flutschten immer aus den Klemmen heraus. Doch schließlich schaffte sie es und erwischte alle beide.

Oh, o Gott, sie war kurz davor zu kommen. Es war nicht mehr aufzuhalten. Selbst wenn die Wände einstürzen oder ihre Hände abfallen würden – sie würde trotzdem explodieren, so viel Druck hatte sich in ihr angesammelt. Sie hatte nicht Killers Selbstbeherrschung. Sie hörte sich wimmern, keuchen und dann *bitte, bitte* sagen.

Die Tür öffnete sich, Killer trat ein und sagte: „Ja, ich erlaube es dir.“ Sie zwängte ihren Stöckelschuh zwischen Bos Schenkel und presste ihn gegen Bos Hand und den Vibrator. Bo kam, während der spitze Absatz gegen ihren Damm drückte. „Ich will, dass du noch mal kommst“, sagte Killer und zog ruckartig an der Kette, die die Klemmen miteinander verband. Und dann schob sie ihren Hacken in Bos zartes Fleisch, und Bo kam noch einmal – aus Panik und Angst. „Willst du immer noch die Bullen rufen?“, fragte Killer. „Sieht nicht danach aus. Du bleibst hier. Haustiere werden zahmer, wenn man mit ihnen spielt.“

„Braver Junge“, sagte Crash und übernahm Killers Platz. „Jetzt darf ich das Pony reiten.“

Bo wusste, dass es bescheuert war, aber sie hatte früher wirklich nie darauf geachtet, was für unterschiedliche Vorlieben Frauen hatten, um zum Orgasmus zu kommen. Crash hatte raues Schamhaar, das an Bos Gesicht kratzte. Anders als Killers elegante Art-Deco-Vulva ähnelte Crashs Möse eher einem Fünfziger-Jahre-Diner. Sie war kompakt, mit kurzen, dicken inneren Lippen. Der Kopf ihrer Klit war perfekt gerundet und hatte die Größe eines Radiergummis an einem Bleistift. Crash wurde nicht ganz so schnell feucht wie Killer. Sie wollte eine Vielzahl langer, langsamer, leichter Striche, die mit einem kitzelnden, kleinen Flattern endeten. Weil niemand Bo verboten hatte, sich anzufassen, masturbierte sie weiter, während sie sich ins Zeug legte, um Crash zum Orgasmus zu bringen. Aus irgendeinem Grund musste sie ständig an den kurzen Pornoclip in der Videokabine denken. Tat sie gerade genau dasselbe wie diese Frau, die den Schwanz geblasen hatte, oder war das hier etwas völlig anderes? Vielleicht beides, entschied Bo, obwohl sie nicht hätte sagen können, wieso. Sie war zu beschäftigt damit, ihr Gesicht zwischen Crashs Schenkel zu schieben und an ihrer Klit zu saugen wie an einem Strohhalm in einem Milchshake. Crash war jetzt richtig nass, und Bo hatte Angst, dass sie zurück auf die Bühne musste, bevor sie gekommen war. Schließlich begann sie, an Bos Haaren zu ziehen – was bei dem superkurzen Schnitt ein echtes Kunststück war – und schob ihr Becken vor und zurück, sodass Bos Zunge sich in ihrer Möse hinein- und herausbewegte.

„Jajaja", sang sie. „Braver Hund, braver Hund, braver Hund", und schließlich „O Gott, ja! Braver Junge!"

Bo war eigentlich recht zufrieden mit sich. Sie lehnte sich an die Wand zurück und schnaufte. Doch Crash sah sie mit zusammengekniffenen Augen an. Hatte sie irgendetwas falsch gemacht? „Wenn ich gekommen bin, muss ich immer pinkeln", sagte Crash zart und legte je einen Finger ihrer rechten Hand an beide Seiten ihrer Klit. Die Finger, die auf diese

Weise ein „V“ formten, hoben ihre Lippen ein wenig an, und ein goldener Bogen Pisse sprang durch die Luft.

„He, nicht auf meine Klamotten!“, blaffte Poison.

„Keine Bange, ich treffe immer“, sagte Crash mit süßer Stimme, als die letzten Tropfen in Bos T-Shirt versickerten. „Vergiss uns nicht, während wir weg sind“, sagte sie grinsend. Dann gingen sie, denn eine neue Show fing an.

„Hier“, sagte Poison noch, bevor sie den Raum verließ, und warf einen langen, dicken Dildo in Bos Schoß. „Das BiFi-Würstchen nehmen wir nur, um vor den Kunden damit rumzualbern. Ein großes, starkes Mädel wie du braucht was Solides zum Vögeln. In meiner Tanztasche ist Gel, die rosa Tube. Natürlich nur für den Fall, dass du was brauchst.“

Bo bedeckte ihr Gesicht mit der freien Hand. Wie konnte sie nur in so eine üble Situation geraten? Und warum machte ihr das alles auch noch Spaß? Poison hatte recht, sie bräuchte wahrscheinlich gar kein Gel, um den Knüppel in ihre Möse zu schieben, aber es war viel zu peinlich, darauf zu verzichten. Deshalb krallte sie die Zehen in Poisons trendige, pinkfarbene Tasche und zog sie zu sich ran.

„Wer sagt, dass Größe keine Rolle spielt?“, knurrte sie und presste den Dildo ein Stück in sich rein. Er war dick genug, sie nach Luft ringen zu lassen. Das nasse T-Shirt würde ihr eine Erkältung einbringen, wenn sie nicht in Bewegung blieb. Wie lustig, dass manche Dinge sich überhaupt nicht nach dem anfühlten, wonach sie aussahen. Eine Ohrfeige schien das Schlimmste auf der Welt zu sein, war aber in Wirklichkeit ziemlich erregend. Es brannte zwar ganz schön, beschleunigte aber den Herzschlag und ließ den PC-Muskel im Beckenboden hüpfen. Der Gedanke, angepisst zu werden, hätte sie heute Morgen noch zum Würgen gebracht, jetzt aber war der Duft von Crashs Möse und ihrer eigenen das Einzige, was sie roch. Dieses nasse Shirt war mit einer Medaille oder einem Orden vergleichbar. Jetzt besaß sie etwas von Crash. Crash hatte ihr etwas von sich geschenkt. Und konnte man jemanden, den man gerade angepisst hatte, einfach so wieder fallen lassen?

Sie stieß den Dildo rein und dachte dabei an den Tritt, den Killer ihr zwischen die Beine versetzt hatte. Dieser Pfennigabsatz war spitz wie ein Messer gewesen. Wie grausam das war, wie erbarmungslos, wie … wie … wie eine Frau, fuhr es Bo plötzlich durch den Kopf. Grausamkeit war eine feminine Eigenschaft. Die energische Art der Tänzerinnen ergab plötzlich einen Sinn. Es war logisch, dass sie herrisch und fies waren und darauf standen, andere zu verletzen. Femmes wollten immer die Fäden in der Hand halten, aber man sollte das nicht merken. Damit ließen sie einen ins offene Messer rennen: Du solltest alles tun, was sie von dir verlangten, aber natürlich noch bevor sie dich dazu aufforderten. Und dann solltest du sie auch noch glauben lassen, alles sei allein deine Idee gewesen. Sie machten niemals Fehler, immer war es dein Fehler, weil du die Butch bist und es dein Job ist, dafür zu sorgen, dass alles glatt läuft.

Bo kam zu dem Schluss, dass sie einen offensiven sexuellen Angriff diesem albernen Spiel vorzog. Der Dildo tat ein bisschen weh, und der Schmerz bewirkte, dass sie sich wünschte, zum Orgasmus zu kommen. Aber vielleicht durfte sie noch nicht. Killer schien zu erwarten, dass sie um Erlaubnis bat. Vielleicht sollte sie warten? Vielleicht machte es Killer glücklich, wenn sie wartete?

Je mehr Bo sich vornahm, dem Orgasmus zu widerstehen, umso näher rückte er. Natürlich könnte sie einfach aufhören, sich anzufassen, aber es war so langweilig, hier festzusitzen mit nichts außer einem zerbrochenen Stuhl und einem gesprungenen Spiegel zur Gesellschaft. Sie lauschte angestrengt, um herauszufinden, ob schon der letzte Song lief.

Es war schwer zu warten. Schwer zu warten. Schwer. Schwer. So verdammt schwer. So furchtbar …

„Du bist wirklich ein Schwein", rief Killer amüsiert. „Jetzt sieh dich doch mal an: Holst dir einen runter, bist voller Pisse und wartest nur darauf, dass jemand kommt und dich benutzt, dich verletzt oder dir sagt, was du zu tun hast. Findest du nicht, dass du ein echter Glückspilz bist, weil wir uns die Mühe machen, uns mit dir abzugeben?" Sie stakste zu Bo herüber und zog ihr mit einem lässigen Ruck die Nippelklemmen ab. Bo hatte sie ganz vergessen. Während sie Crash geleckt hatte, mussten ihre Nippel taub geworden sein. Sie wollte aufschreien, aber Killer wartete nur darauf, ihr eine runterzuhauen, wenn sie es wagen sollte. Und so jammerte Bo nur ein bisschen vor sich hin.

„Was ist?", sagte Killer. „Ich warte."

„Worauf denn?", stammelte Bo.

„Auf eine Antwort. Findest du nicht, du hast echtes Glück, dass wir dir Nachhilfeunterricht geben?"

Passiert das hier wirklich, fragte sich Bo. „Ja, ich hab Glück, Ma'am."

Killer sah noch amüsierter aus. „Jetzt bin ich eine Ma'am. Ich nehme an, das ist schon eine Stufe höher, als deine Mama zu sein. Nenn mich einfach Mistress. – Ich glaube, Poison will dich ausprobieren."

Poison kaute einen dicken Batzen Kaugummi. Lässig blies sie eine Blase, die größer als Bos Kopf war, ließ sie platzen und saugte sie zurück in ihren feuerroten Mund. „Da kannst du Gift drauf nehmen", sagte sie und klebte den Kaugummi an eine Ecke des Spiegels. Crash zog ihn mit spitzen Fingern ab und warf ihn in den Müll.

„Schmier deine Hand mit Gel ein", sagte Poison. Unbeholfen gehorchte Bo. „Jetzt schieb mir die Finger in den Arsch", befahl die Tänzerin und drehte Bos Kopf so, dass sie mit der Zunge an die richtige Stelle herankam. Poison wollte eine harte, flatternde Bewegung ein Stückchen über ihrer Klit – die eher spitz war – und ziemlich viele Rein- und

Rausbewegungen zwischen den Backen ihres muskulösen Hinterns. Bos Arm ermüdete zusehends, doch Poison stand nicht der Sinn danach, sie ausruhen zu lassen. „Jetzt stell dich nicht so an, jede Sache lässt sich zwanzig Minuten lang durchhalten“, blaffte sie Bo an. „Los, fick mich, als ob du es ernst meinst. Leg dich ins Zeug und beweg deine verdammte Zunge dabei. Ich will über dein ganzes Gesicht kommen, ich will deinen Arm mit meinem Arsch aufsaugen, ich will dich bei lebendigem Leib in kleinen, blutigen Stücken fressen. Du bist nichts als mein Sklave, mein Spielzeug. Ich könnte wetten, dass du es noch nie im Leben einem Mädchen richtig besorgt hast. Garantiert hältst du immer den Arsch hin, tust aber selbst nichts. Du verdammter Penner, schleichst dich hier rein, glaubst, du kannst dir einfach einen runterholen und dich dann wieder rausschleichen. Gut, dass wir dich erwischt haben. Fick mich. Fick mich. Ja, fick mich. Mehr! Mehr! Mehr!“

Ihr Orgasmus war kurz, dafür aber sehr heftig. Bos Schulter knallte gegen die Wand. „Hör auf, Mann, ich bin fertig“, sagte Poison und ging davon, um ihren String zu wechseln.

Und so ging es den ganzen Abend weiter. Killer nahm Bo schließlich den Dildo weg und sagte: „Wir wollen unser Hündchen doch nicht zu sehr verwöhnen.“ Aus der aufgeheizten Atmosphäre, die die Stripperinnen jedes Mal mit in die Garderobe brachten, schloss Bo, dass sie ziemlich gut da draußen waren. Als Killer ihr die Handschellen abnahm und sie aufforderte, sich auszuziehen, erstarrte Bo vor Schreck.

„Du gehst jetzt auf die Toilette und machst dich sauber“, sagte Killer. „Dann kommst du wieder her, damit wir dich fein anziehen können. Und beeil dich! Poison hat schon die Limousine bestellt.“

„Aber mein Motorrad ...“, protestierte Bo schwach.

„Ich hab es schon von jemandem zu dir nach Hause fahren lassen“, sagte Killer. Bo warf ihr einen entsetzten Blick zu.

„Die Schlüssel waren in deiner Jackentasche“, sagte Killer ungeduldig. „Deine Adresse ist doch die, die auf deinem Führerschein steht, oder? Wo liegt das Problem? Eddys Frau kennt sich mit Harleys aus. Sie machen seit Jahren Motorradausflüge mit. Sie wird deine Maschine schon nicht zu Schrott gefahren haben. – Jetzt hör mal gut zu: Du kannst jederzeit nach Hause laufen, wenn du nicht mit uns ausgehen willst. Nackt.“

Und wieder schien es das Beste zu sein, einfach zu tun, was ihr gesagt wurde. Bo lief auf Zehenspitzen in den Korridor und hoffte, dass die einzige Tür, die sie sah, auch wirklich zu einer Toilette führte.

Das Klo schien unter einer Magenverstimmung zu leiden, doch mit der Saugglocke war das in wenigen Minuten behoben. Auch das Waschbecken war nicht besonders sauber, und der Heißwasserhahn funktionierte nicht. Bo ließ kaltes Wasser über ein paar Papierhandtücher laufen und rubbelte sich damit ab. Zitternd schlich sie ins Kabuff zurück und staunte, als sie sah, dass das ganze Zeug, das den Boden bedeckt und ihr bis zu den Knöcheln gereicht hatte, in drei kleinen Taschen verschwunden war.

Killer, Crash und Poison waren fertig umgezogen und wirkten in ihrem neuen Outfit, als wollten sie das Rotlichtmilieu eines bizarren, weit entfernten Amazonenplaneten unsicher machen.

Killer trug ein trägerloses, schwarzes Lederkleid mit eingearbeitetem Nietenkorsett. Die lila Haarspitzen ihres Pferdeschwanzes strichen über ihre weißen Schultern und ihren Rücken. Bo verspürte den Wunsch, sie zu beißen und ein Mal auf dieser hellen und extrem zerbrechlich wirkenden Haut zu hinterlassen. Killers Rock war hinten so hoch geschlitzt, dass man fast ihre Arschbacken sehen konnte. Ihre schwarzen Nylonstrümpfe waren an den Knöcheln mit einer Kobra verziert. Das Auge der Schlange war ein Glaskristall. Killers

Absätze waren sogar noch höher als die ihrer Stiefel, die sie auf der Bühne getragen hatte.

Poison trug eine Korsage aus Lederriemen und feinen Silberkettchen. Die sorgfältig drapierten Ketten verbargen ihre Nippel, und ein winziger Lederriemen verdeckte gerade so ihre Scham. Auf ihren Schultern saßen lederne Schulterklappen mit Stacheln darauf, und über ihre Arme hatte sie die dazu passenden Stulpen gezogen. Sie hatte die goldenen Stilettos gegen kniehohe Engineer-Boots mit Stahlkappen eingetauscht. Wo hatte sie solche Butch-Schuhe bloß in einer so kleinen Größe herbekommen, fragte sich Bo. Sie selbst musste drei Paar Socken übereinander ziehen, damit ihre eigenen passten.

Crash war in einen hochgeschlossenen, langärmeligen Catsuit aus PVC geschlüpft. Er hatte Reißverschlüsse im Schritt und über den Brüsten. Sie hatte ihre Beehive-Frisur ausgekämmt und ihr langes, blondes Haar durch das Loch am Hinterkopf der Lacklederhaube gezogen, die sie jetzt trug. Bo hätte nicht sagen können, wo der Catsuit endete und die Stiefel anfingen: Crashs Outfit war ein einziges makelloses, glänzendes Stück Mitternacht, außer an den Stellen, wo ihre erogenen Zonen von den Reißverschlüssen zugleich verborgen und zur Schau gestellt wurden.

„Du hattest keine Unterhosen an“, sagte Killer. „Deshalb musst du das hier anziehen.“

Das hier, das waren fliederfarbene French Knickers mit schwarzer Spitze am Bund und am Beinausschnitt. Bos ganzer Körper wurde stocksteif. „Das zieh ich auf keinen Fall an!“

Crash seufzte und nahm sie in den Halbnelson-Griff. Poison hob Bos Füße an, erst einen, dann den anderen, und Killer zog ihr das Höschen über.

„Wir können dich nicht mit nacktem Hintern rumlaufen lassen“, redete Killer beruhigend auf sie ein. „Du wirst dir den Tod holen. Kein Mensch weiß, was du unter deiner Jeans anhast. Und jetzt steig in deine Levis und die Stiefel."

„Hier, du kannst mein Tanktop anziehen", sagte Poison und warf Bo ein fünfzehn Quadratzentimeter großes Stück schwarzes Lycra zu.

„Ich glaub nicht, dass das groß genug ist für mich", sagte Bo mit matter Stimme und schob ihre Jeans in die Stiefel.

„Na, dann sollten wir das Baby mal anziehen", sagte Killer. „Schön hoch die Patschehändchen. – Siehst du, schon fertig."

Bo hatte Angst, in den Spiegel zu sehen. Aber Crash zwang sie, sich umzudrehen und hineinzuschauen. „Geile Muckis", sagte sie anerkennend. „Warum habt ihr Butches eigentlich immer so einen schönen großen Busen, Bo?"

„Ich hasse euch alle", sagte Bo unglücklich.

„Was haben wir doch für ein Glück, Mädels", sagte Killer kalt. „Allein dafür wirst du zur Strafe Lippenstift tragen. So weiß auch gleich jeder, zu wem du gehörst."

Bo versuchte, sich zu wehren, doch Poison und Crash hielten sie fest. Wie konnte man nur durchs Tanzen so viele Muskeln bekommen? Mit fester, erfahrener Hand malte Killer einen leuchtend roten Herzmund auf Bos zitternde Lippen.

„Eigentlich müssten die sowieso schon rot sein, wenn man bedenkt, wie viel Pussy du heute gekostet hast", kicherte Crash.

Die Tänzerinnen stießen Bo vorwärts und durch den Shop hindurch. Crash und Killer waren größer als sie, stellte Bo fest. Das lag sicher an den Schuhen. Eine schwarze Großraumlimousine wartete in der Busspur vor dem Laden.

„Wie gewonnen, so zerronnen!", sagte eine Passantin bitter und starrte auf den Luxuswagen.

„Bitteschön! Wir haben es gern für Sie übernommen, den Haufen Schmott zu verdienen", sagte Crash und warf ihr einen Luftkuss zu.

„Als ob die Alte jemals zu den Gewinnern gehört hätte“, murmelte Poison. Der Chauffeur hielt ihnen die Tür auf. „Das nächste Mal ist das deine Aufgabe“, sagte Poison und stieß Bo in die Rippen.

Das nächste Mal?

Die Sitze der Limousine waren so groß, dass die drei Stripperinnen nebeneinander sitzen konnten.

„Packen Sie sie auf den Boden“, hatten sie dem Chauffeur gesagt, und der hatte getan, was sie verlangten, als wäre nichts Ungewöhnliches daran. Bo lag auf dem teppichbedeckten Boden, lauschte dem Motorengeräusch, sah, wie Crash eine CD in die Anlage schob, wie Poison eine große, grüne Flasche entkorkte und Killer der Minibar drei Krabbencocktails entnahm.

„Wohin zuerst, Ladys?“, fragte der Chauffeur. Er benutzte eine Sprechanlage. Zwischen ihm und dem Fahrgastraum war eine schalldichte Glasscheibe eingezogen.

„Über die Brücke und dann wieder zurück“, sagte Killer. „Wir müssen erst mal ein bisschen ausspannen. Danach geht's in den Club.“

„Natürlich, Madam“, antwortete er. Dann sagte er nichts mehr.

„Und? Beeindruckt?“, fragte Killer und stieß Bo mit der Stiefelspitze leicht in die Rippen.

„Ja, ich glaub schon“, musste Bo zugeben.

„Sexarbeiterinnen verdienen gut“, prahlte Poison. „Besonders, wenn sie jemanden wie Killer haben, die was davon versteht, das Geld anzulegen. Du solltest mal unsere Hütte sehen. Eine echt tolle Wohnung, aber zu groß, als dass wir sie allein in Schuss halten können. Jammerschade, dass du keinen Job suchst. Wir brauchen einen neuen Boy. Einen, der meine Unterwäsche nicht in die Waschmaschine steckt, weil er zu faul ist, sie mit der Hand zu waschen."

„Jemanden, der noch etwas anderes zubereiten kann als Schweinekoteletts und Ofenkartoffeln", seufzte Crash und stocherte in ihrem Krabbencocktail. „Jemanden, der Staub wischt."

„Seid still", sagte Killer scharf. „Diese kleine Pissbacke muss es erst einmal schaffen, die Nacht durchzustehen, ohne uns zu blamieren."

Bo konnte nicht höher als bis zu den Knöcheln der Frauen sehen, die sie auf ihre wilde Fahrt durch die Nacht mitnahmen. Ihre Augen wanderten zwischen den Giftschlangen, die aus Killers Fünfzehn-Zentimeter-Pumps herauswuchsen, Poisons sorgfältig polierten Engineer-Boots und Crashs Pfennigabsätzen hin und her. Sie war wie hypnotisiert von den Glaskristallaugen der Schlange und ihrem wütend aufgespreizten Nackenschild, von dem vagen Spiegelbild ihres eigenen Gesichts auf Poisons Stahlkappen und den Sporen, die Crash mit sichtlichem Vergnügen in den teppichbedeckten Boden der Limousine bohrte. Bo spürte, wie die fliederfarbenen French Knickers sich in ihrer 501er verknüllten und rutschten. Die Spitze kratzte. Was würden wohl ihre Freunde denken, wenn sie sie jetzt sehen könnten?

„He du, braves Hündchen", sagte Killer bissig, „willst du 'ne Krabbe?" Sie hielt ihr eine Meeresfrucht hin, die rote Sauce tropfte. Bo öffnete den Mund und aß das Stück behutsam aus den Fingern. „Pass auf, dass du deinen Lippenstift nicht verschmierst", fügte Killer hinzu. „Was würden eigentlich deine Kumpels sagen, wenn sie dich jetzt sehen könnten, Bo?"

Poison und Crash lachten. Bo zuckte zusammen wie ein angeschossenes Tier.

„Ich schätze, sie würden mich auslachen", sagte sie langsam, „genauso wie ihr."

Das brachte sie zum Schweigen.

Killer, wieder ernst geworden, sagte: „Das würden sie wahrscheinlich. Aber sie würden auch neidisch sein, Schätzchen, und das darfst du nie vergessen. Noch eine Krabbe?"

Bo ließ sich von den Stripperinnen mit Kaviarhäppchen füttern und mit Crackern, die mit Brie belegt waren. Poison kippte etwas Flüssigkeit aus ihrem Glas in Bos Mund, und bevor Bo merkte, dass es Champagner war, hatte sie es schon hinuntergeschluckt.

„Verdammt, so was trinke ich nicht!", rief sie protestierend.

„Warum nicht? Bist du allergisch?", fragte Crash. „Fällst du etwa tot um, wenn wir dich an einer Salatbar essen lassen? Okay, das heißt, keine Ausflüge ins *Sizzler* für dich, Sissy Boy."

„Nein, ich …"

„Sie trinkt nicht, du Blitzmerker", blaffte Killer. „Hier, Bo, das ist Selters. Spül dir den Mund aus."

Killer die Schuhe zu küssen, erschien Bo das Mindeste, was sie tun konnte, um ihr ihre Dankbarkeit zu erweisen. Sie dachte, Killer würde es durch das fein gearbeitete Leder hindurch nicht merken, doch die drehte ihren Fuß zur Seite und drückte ihren Zeh in Bos Kehle.

„Du hast ein gutes Gespür, Baby", sagte sie, „aber du solltest vorher um Erlaubnis bitten."

Bo zögerte.

„Es wäre eine gute Gelegenheit, den Lippenstift loszuwerden", warf Poison ein. Und das verdarb es irgendwie.

„An so was hab ich gar nicht gedacht", sagte Bo. „Ich bin es nur nicht gewohnt, um etwas zu bitten."

„Ach so", sagte Crash in bitterem Tonfall. „Du glaubst also, Butches wie du können sich einfach alles grapschen, was sie haben wollen, ohne zu fragen?"

„Nein", seufzte Bo. „Normalerweise grapsche ich nicht, sondern warte einfach und hoffe, dass das, was ich möchte, von allein zu mir kommt. Wenn man nichts erwartet, dann verletzt es einen auch nicht, wenn man es nicht bekommt. Es ist gefährlich, um etwas zu bitten, Crash."

„Für dich Mistress Crash", sagte die Blondine erhaben und stützte sich mit den Hacken auf Bos Beinen ab.

„Du bist also eine von den Tiefsinnigen", sagte Poison und kraulte Bos Bauch mit ihren starren Stiefelkappen.

„Denk einfach nicht so viel nach", schlug Killer vor und streichelte Bos Wange mit ihren Sohlen.

„Darf ich sie küssen?", flüsterte Bo.

„Herzchen, nur dafür bist du da", antwortete Killer. „Aber besabbere mich nicht. Ich hasse es, wenn meine Schuhe nass werden."

Noch einmal verlor Bo jedes Zeitgefühl. Sie ging ganz darin auf, neue Yoga-Stellungen zu erfinden, um an das Schuhwerk aller drei Frauen zu gelangen. Nie hätte sie gedacht, dass sie einmal so etwas tun würde.

Auf einer Benefizveranstaltung hatte sie mal einen Lederboy einen Schuhputzstand aufbauen sehen und sich gefragt, warum die Horde Männer, die sich davor versammelt hatte, das Fieber und die Gespanntheit eines Rudels Jagdhunde ausstrahlte. Der „Daddy" des Jungen hatte Bo nach vorne kommen lassen, vor die wartenden Männer. Dann hatte er dem knienden Jungen, der nichts außer einem Jockstrap trug, und dessen Hände und Gesicht schwarz von Schuhcreme waren, befohlen, Bos Cowboystiefel zu putzen. Der Stiefelboy hatte gleichmütig seinen Job erledigt, Bo aber hatte es nicht besonders aufregend gefunden. Sie kannte Daddy Rick von anderen Veranstaltungen, wo er sie immer mit einem Lächeln begrüßte, aber sie waren nicht wirklich befreundet. Sie war sich nicht sicher gewesen, ob er das getan hatte, um alle wissen zu lassen, dass er in ihr eine SM-Frau sah, oder um seinen „Sohn" auf subtile Weise zu quälen.

Was sie jetzt gerade erlebte, war etwas ganz anderes. Dieser Akt der Verehrung glich dem Versuch, einem Mädel das Höschen mit den Zähnen auszuziehen. Man brauchte Feingefühl dafür. Dass einem das gelang, ohne zu beißen und etwas zu zerreißen, machte es erotisch. Wenn man Glück hatte, erregte es das Mädchen so sehr, dass sie vergaß, ihre Unterwäsche wieder mitzunehmen. Bo errötete bei dem Gedanken an ihre Geheimsammlung, die sie eingeklemmt zwischen ihrer Matratze und den Sprungfedern aufbewahrte.

Sie glaubte nicht, dass jemand so leicht seine Schuhe vergessen würde. Und wer hätte gedacht, dass die Mischung aus Parfum und Leder und ein bisschen Schweiß ein solches Aphrodisiakum sein könnte? Es war zwar nicht ganz so aufregend, wie eine feuchte Pussy zu riechen und zu wissen, dass man selbst sie so nass gemacht hatte. Aber über dem Fuß (der einen wegstoßen konnte) saß das Gelenk und über dem Gelenk die muskulöse Wade (die sich, über die Schulter gelegt, verdammt gut anfühlen würde), über der Wade waren die Knie, die sich öffnen könnten, darüber die Schenkel, rund und weich und verheißungsvoll, und dann …

Vielleicht stünde dann noch ein bisschen mehr Arbeit in Aussicht, ein sehr privater Dienst für ein braves Hündchen mit einer gewissenhaften, weichen und respektvollen Zunge. Bo hoffte es sehr.

„Schluss!“, sagte Killer mit Nachdruck. „Hör auf, Bo. Wir sind da. Wir steigen jetzt aus. Jetzt glotz nicht so erschrocken! Wir nehmen dich ja mit. Poison, würdest du dich um unseren Gast kümmern?“

Bo musste sich dazu zwingen, die anderen Tänzerinnen anzuschauen und nicht länger auf die beiden Rougeflecken zu starren, die Killers Wangenknochen betonten. Die beiden Lederbänder um Poisons Oberarme wurden abgenommen, zusammengeknipst und wanderten an Bos Hals.

„Das muss vorerst reichen, bis wir unser richtiges Halsband von dem unartigen Hund zurückbekommen“, sagte Crash, band eine Leine daran fest und zog Bo aus der Limousine.

Was von wem wiederbekommen, fragte sich Bo.

„Wir rufen Sie dann“, sagte Killer zum Chauffeur. „Gehen Sie doch etwas essen.“

„Sicher, Madam“, sagte er, und der Wagen glitt davon.

„Charley würde töten, um an deiner Stelle sein zu dürfen“, kicherte Poison und schlug Bo auf die Schulter.

„Charley kann sich selbst ficken“, sagte Killer. „Das Letzte, was ich gebrauchen kann, wenn ich von der Arbeit komme, ist noch so ein Schwanz, der bloß darauf wartet, einen Gratisjob geliefert zu bekommen.“

Die Gegend hier schien ein Gewerbegebiet zu sein. Die Straßen waren leer. Doch um den Club herum standen lauter Motorräder. Sie standen so eng, dass sie sich fast berührten. Die drei Stripperinnen schlenderten zum Club hinüber, der aussah wie eine dieser Bars, die von der Stadt immer dichtgemacht wurden, weil sie die Brandschutzbestimmungen nicht einhielten oder Alkohol an Minderjährige ausschenkten.

Wie hieß der Club, *Jack's?* Nein, *Jax!* Genau. Hatte ihr Date für Samstagabend nicht davon gesprochen, hier auf einen Drink rauszufahren? Sie hatte davon geredet, als wäre es etwas Besonderes, in diesen Schuppen zu gehen.

Der Türsteher winkte sie durch, ohne nach ihren Ausweisen zu fragen und ohne Eintritt zu verlangen. Die Barkeeperin – eine der dicksten Frauen, die Bo je zu Gesicht bekommen hatte – rief: „Gott steh uns bei – die fleischgewordenen Furien sind da!“

Bos Kidnapperinnen winkten selbstgefällig zurück.

„Wir sind Stammgäste hier“, erklärte Poison und verstellte ihre Korsage, sodass die Brustspitzen hervorschauten. „Kat mag uns, weil wir den Laden aufmischen.“

„Da ist ein Tisch“, sagte Crash und zeigte mitten in die Menge. Als eine Frau versuchte, nach einem der Reißverschlüsse an ihrem Catsuit zu grapschen, stieß sie ihr augenblicklich den Ellbogen ins Gesicht. „Wechsle mal das Gesicht,

Arsch ist out“, erklärte sie der kläglich Gescheiterten, die es gewagt hatte, sie ohne Erlaubnis zu berühren. Das arme Ding hielt sich die Nase. „An deiner Stelle würde ich da etwas Eis draufmachen“, höhnte Crash.

„Geh und besetz den Tisch“, befahl Killer und schlug die Handschuhe in die Handfläche. Crash steckte das Ende der Leine in Bos Mund, und Bo setzte sich in Bewegung, ohne nachzudenken. Ein Stammkunden-Pärchen bellte ihr hinterher, aber sie lief einfach weiter, bis sie den freien Tisch vor sich sah. Dort stellte sie sich hinter einen Stuhl und legte je eine Hand auf die Lehnen der anderen beiden.

„Perfekt“, sagte Poison und platzierte ihren festen, kleinen Hintern auf die Sitzfläche. Ihre Beine waren so kurz, dass sie nicht bis auf den Boden reichten, weshalb sie sich mit ihren Engineer-Boots an den Tischbeinen abstützte. Bo fand das unheimlich süß. „Ich will Champagner!“

„Ich werd dir aber nicht den Kopf halten, wenn du die ganze Nacht kotzt“, sagte Killer mit ernster Stimme. Sie hatte die Haltung einer Großherzogin, und Bo versuchte herauszufinden, wie sie es schaffte, in diesem engen Kleid zu sitzen, ohne dass es am Rücken aufriss.

„Wenn du mich zwingst, jetzt umzusteigen, wird mir garantiert schlecht“, antwortete Poison. „Für mich Dom Perignon, Bo. – Teilst du dir die Flasche mit mir, Crash?“

„Meinetwegen“, sagte Crash. Sie hatte sich nicht gesetzt. Sie stand, trommelte mit ihren roten Klauen gegen die Rückenlehne und scannte die Menge mit ihrem Blick. Offenbar war das hier nicht die Party, die sie sich erhofft hatte, denn plötzlich stieß sie Luft durch die Nase aus, griff nach dem Stuhl, drehte ihn um und setzte sich rittlings darauf. „Champagner? Na gut. Sieht ja so aus, als wär das das einzige Paris-Abenteuer, was mich heute Nacht noch erwartet.“

„Bo nimmt bestimmt gern ein paar Stunden in Französisch“, sagte Killer kalt. „Für mich eine Virgin Mary mit extra

Tabasco", sagte sie zu Bo. „Ab mit dir! Und mach dir keine Gedanken wegen dem Geld, wir haben hier Kredit."

Crash hielt sie zurück, als sie den Tisch verlassen wollte, und nahm ihr die Leine ab. „Und beeil dich", warnte sie, „sonst kommt die wieder dran."

Auf dem Weg zur Bar wurde Bo diesmal von noch mehr Gebell begleitet. Sie fragte sich, was das sollte. Es klang nicht unfreundlich. Eher wie Beifall. Als sie wieder von jemandem angeheult wurde, heulte sie zurück. Darauf folgte eine Sekunde Totenstille. Vielleicht auch zwei. Bo war noch immer nah genug am Tisch, um zu hören, wie sich die drei Stripperinnen darüber amüsierten.

„Glaubst du immer noch, dass sie uns blamieren wird, Killer?", fragte Poison.

Bo kämpfte sich zur Bar durch, wo eine kleine, rothaarige Lesbe in Lederweste und Jeans mit diesem Gebirge von Barkeeperin in Streit geraten war.

„Hör auf damit, Lolly in Schutz zu nehmen", sagte der Rotschopf. „Sieh dir doch bloß mal diese Scheiße hier an. Wie sollst du denn an einem Freitagabend ganz allein die Bar schmeißen?"

„Ach, Reid, jetzt entspann dich, ich krieg das auf die Reihe. Du bist doch bloß sauer, weil ich keine Pause machen und raus auf'n Hof schleichen kann, um es dir zu besorgen. Wir hätten uns doch heut sowieso nicht gesehen. Warum gehst du nicht nach Hause und nimmst 'ne Mütze Schlaf? Wenn ich hier fertig bin, komm ich nach."

„Ach, hör doch auf", sagte Reid. „So behandelt man seine Freunde einfach nicht, Kat!"

„Was willst du von mir? Dass ich sie rausschmeiße? Falls du noch nichts davon gehört hast: Wir haben gerade eine Rezession. Ich will niemanden entlassen, wenn es da draußen keinen anderen Job für sie gibt. Lolly ist verliebt, und wenn sie verliebt ist, ist sie nicht ganz sie selbst. Spätestens wenn die

Tussi sie fallen lässt, oder wenn sie kein Ecstasy mehr haben, ist sie wieder hier."

„Co-Abhängige sind was absolut Schreckliches, das kenn ich", sagte Bo mitfühlend zu dem Rotschopf. Reid drehte sich so schnell um, als hätte sie etwas in den Arsch gebissen.

„Wer hat dich nach deiner Meinung gefragt?", blaffte sie, und die Schlüssel an der linken Seite ihres Gürtels rasselten.

„Mich braucht keiner zu fragen", antwortete Bo. „Das ist ein freies Land."

Reid schnaubte. Sie drehte Kat und der gesprächigen Kundin den Rücken zu, lehnte sich gegen die Bar und ließ den Blick über die Menge ziehen wie ein amerikanisches Radarsystem auf der Suche nach feindlichen Düsenjägern.

Kat zuckte mit den Schultern. Beinahe hätte sie die Zunge zu Reids Hinterkopf ausgestreckt, ließ es dann aber doch bleiben.

„Du brauchst ein Tablett, oder?", fragte Kat. „Was wollen denn deine Herrinnen trinken? Nein, warte, ich sag's dir. Eine Flasche Champagner mit zwei Gläsern und eine Virgin Mary, stimmt's?"

„Mit extra Tabasco", fügte Bo hinzu und versuchte, die Vorstellung zu verarbeiten, dass diese beiden Frauen hier ein Paar waren und die Barkeeperin die Bottom.

„Und du siehst wie 'n Southern-Comfort-Mädel aus", schlug Kat vor.

„Wasser", sagte Bo und lächelte.

„Gekühltes haben wir nicht mehr", sagte Kat. Es klang müde. Sie arrangierte die anderen Getränke auf dem Tablett. „Wir bräuchten Eis, aber es sieht nicht so aus, als würde jemand welches holen."

„Also schön!", rief Reid. „Dann schwing ich mich eben auf meine beschissene Karre, um rauszufinden, wo man in diesem gottverlassenen Viertel gecrushtes Eis herbekommt. Und ich werd versuchen, mir einzureden, dass ich mich nicht wie ein absoluter Volltrottel aufführe, wenn ich Botendienste für dich erledige, bloß weil sich deine Kollegin ausgerechnet diese Woche ausgesucht hat, um auf Piste zu gehen!"

„Du brauchst mir verdammt noch mal keinen Gefallen tun!", schnauzte Kat zurück. Doch Reid pflügte sich bereits durch die Menge.

„Pass auf, dass sich die Teufelskatzen nicht bis zur Weißglut reizen lassen", sagte die Barkeeperin zu Bo und schob ihr das Tablett rüber. „Ich hab heut Abend genug an der Backe, auch ohne dass sie an den Lüstern schaukeln und den Gästen die Reifen aufschlitzen."

Bo nahm das Tablett hoch auf eine Hand und trug es wie ein echter Kellner. Wenn eine Frau ihr den Weg versperrte, bellte sie sie einfach an. Es klang zwar nicht ganz so wie bei einem Wolfsrudel, das ein National-Geographic-Filmteam anheulte, doch Bo war sich sicher, dass sie ihre Soundeffekte mit der Zeit noch verbessern konnte. Die Stammgäste ließen sie bereitwillig durch, und sie bewegte sich so leicht durchs *Jax* wie ein Cursor auf dem Bildschirm.

„Warum hat das so lange gedauert?", beschwerte sich Poison. „Lass den Korken nicht rausschießen – ach, du kennst dich aus. Vergiss es, schon gut."

Bo wickelte das kleine weiße Tuch ab, das um den Hals der grünen Flasche lag, legte den Korken auf den Tisch und füllte Champagner in die beiden Flöten, ohne ihn zu sehr schäumen zu lassen.

„Haben sich Kat und Reid etwa gestritten?", fragte Crash. „Ich wusste doch, dass das niemals gut geht. Butch und Butch – das ist einfach ein Witz."

„Du sei bloß still", sagte Killer. „Was ist denn mit deinem kleinen Techtelmechtel mit Belinda, hm? Du erinnerst dich doch bestimmt noch an sie – die Süße mit der Schlangennummer am *Manslaughter Brothers' Cow Palace*." Sie trank einen Schluck von ihrer Virgin Mary. „Ist die scharf!", keuchte sie und fügte dann hinzu: „Sehr gut!“ Sie biss in die Selleriestange, die wie ein kleiner Knochen knackte.

„Das war ja wohl kaum Butch und Butch“, sagte Crash und hielt ihr Glas nach hinten. Bo goss vorsichtig nach. Es gab keinen Stuhl für sie, also nahm sie an, dass sie stehen und alle bedienen sollte. Sie stibitzte ein Schälchen Erdnüsse vom nächststehenden Tisch und bot Killer davon an, die sich ein paar nahm, sie aber nicht in den Mund schob, weil sie zu sehr damit beschäftigt war, Crash zu schikanieren.

„Ja, klar, aber was hättest du gemacht, wenn sie verlangt hätte, dass du dir die Haare abrasieren musst, bevor du sie mit 'nem Strap-on ficken darfst?“, fragte Killer. „Ich meine, *deswegen* hast du doch Schluss gemacht? Weil eine von euch nicht Butch genug war, oder?“

„Nein“, blaffte Crash und stellte ihr Glas so heftig zurück, dass der Stiel fast abgebrochen wäre. „Wir haben Schluss gemacht, weil sie mich mit Filzläusen angesteckt hat, wie du ja wissen solltest. Oder sollte ich lieber von der heißen Nacht reden, die ich mit dir verbracht habe, Herzchen?“

„Du bist einfach grauenhaft“, sagte Killer und lächelte glücklich.

„Ich schätze, wir sind alle ziemlich schrecklich“, sagte Poison zufrieden. „Ist das nicht hinreißend? – Bo, rauchst du?“

„Nein.“

„Nein was?“

„Nein, äh, Mistress. Ich rauche nicht. Ich hab trotzdem immer ein paar dabei, für die Obdachlosen. So lassen sie die Hände von meiner Maschine.“

Poison warf Killer einen vielsagenden Blick zu.

„Jetzt hört auf“, sagte Killer gereizt. „Ich weiß, dass es toll wäre, einen Boy zu haben, der nicht raucht. Ich hab genau wie ihr die Schnauze voll von Donnas dreckigen Aschenbechern. Aber sie kann noch nicht mal das Wort Mistress aussprechen, ohne zu stottern. Sie weiß nicht das kleinste bisschen über die Szene. Wollt ihr euer Leben wirklich von einer Anfängerin durcheinanderbringen lassen? Von einer, die sich wahrscheinlich in dem Moment aus dem Staub macht, wo jemand anfängt, Witze darüber zu reißen, dass sie sich für ein paar Mädels den Arsch aufreißt?“

Crash, die die sarkastischen Bemerkungen über ihre Affäre mit einer anderen Stripperin noch immer nicht verdaut hatte, sah ihre Chance für eine Revanche gekommen. „Als ob du gleich mit einer Bullenpeitsche in der Hand zur Welt gekommen bist“, sagte sie mild. „Ich glaube, Poison hat recht. Wenn uns Bad Dog noch mal über den Weg läuft, werden wir Bo auf sie hetzen. Außerdem steht der Winter vor der Tür. Zeit für Innen-Aktivitäten. Und ich kann mir weit unangenehmere Arten vorstellen, die Abende vor dem Kamin zu verbringen, als mit ein paar Unterrichtsstunden für unseren kleinen Adonis. Sie weiß genug, um ihr rotes Hanky links zu tragen. Das ist schon alles, was ich an Etikette von meinem Hausboy verlange.“

So redeten sie weiter und weiter, und Bos Blick wanderte dabei von einer zur anderen. Keine beachtete sie. Das kam ihr ein bisschen komisch vor. Sollte nicht wenigstens eine von ihnen fragen, was sie selbst von alldem hielt? Oder mal irgendetwas erklären?

„He“, unterbrach sie schließlich. Die Stille war frostig.

„Bitte?“, fragte Killer.

„Meint ihr nicht, es wäre eine gute Idee, mich erst mal zu fragen, was ich selbst möchte, bevor ihr mich wie eine Pizza aufteilt?“

Die drei Stripperinnen tauschten amüsiert-empörte Blicke aus.

„Nein“, sagte Killer nachdrücklich. „Das wäre keine gute Idee. Halt den Mund, Bo. Du kannst später reden.“

Bo zuckte mit den Schultern und ließ ihre Gedanken kreisen, während der Streit weiterging.

„Siehst du den Barhocker dort?“, fragte Crash und zog Bo am Halsband heran. Sie ließ ihre Fingernägel zwischen Bos Brüsten entlanggehen. Sogar durch das Lycra hindurch sah man deutlich, wie Bos Brustwarzen sich aufstellten. „Ich will, dass du dir diesen freien Barhocker da schnappst und ihn hier zum Tisch herbringst. Hast du mich verstanden, Butchy-Boy?“

Bo nickte. Ihre einzige Sorge war, dass Crash sie so lange am Halsband festhalten könnte, bis sich irgendwer auf den Barhocker setzte. Aber da gab Crash ihr einen kleinen Schubs, und Bo kam gerade noch rechtzeitig zu dem einzigen freien Hocker in dem ganzen Laden. Nur eine Sekunde später, und jemand hätte seinen Hintern draufplumpsen lassen. Die Menge johlte, während sie sich mit dem sperrigen Möbelstück zum Tisch zurückkämpfte. Warum hab ich bloß das Gefühl, dass jeder in diesem Laden irgendetwas weiß, was ich nicht weiß, fragte sich Bo. Vielleicht, weil sie wirklich etwas wissen. Scheiße …

„Beug dich darüber“, sagte Crash über ihre Schulter zu Bo.

„Ich … ich soll … was?“, stotterte Bo.

„Dich drüberbeugen“, sagte nun auch Poison. Sie stieß ihren Stuhl zurück und ging zu Bo hinüber, die versuchte, den Anweisungen Folge zu leisten, und sich dabei total bescheuert vorkam.

Poison stand an Bos Kopf und drückte ihre Schultern runter. „Na“, sagte sie, „erinnerst du dich noch an mich?“ Ihr weicher Bauch drängte sich gegen ihren Kopf, und der Geruch ihrer feuchten, herrischen, kleinen Möse kitzelte aufreizend in Bos Nase.

„Darf ich fragen, was das eigentlich wird?“, versuchte Killer, Crash aufzuhalten.

„Ach, komm schon, Schätzchen, sie hat schon einen Strafpunkt. Du selbst hast ihn ihr in der Garderobe gegeben. Ich würd ihr gern eine kleine Tracht Prügel verabreichen. Dann wird sich erweisen, ob sie die richtigen Qualifikationen für den Job hat."

Bo konnte kaum verstehen, was sie redeten, denn ihre Ohren waren zum Teil von Poisons Schenkel verdeckt. Aber sie hörte das Klackern der Stöckelschuhe, als Killer und Crash herüberkamen und sich neben sie stellten. Bo nahm an, dass es Killer war, die ihr Schulterblatt berührte, mit der Hand unter ihr Lycrashirt glitt und mit langen Fingernägeln über ihre Haut fuhr. Dann ging Poison weg.

„Das war ein echt aufregender Tag für dich", hörte sie eine Stimme sagen und war sich jetzt sicher, dass es Killer war. „Als du heute ins *Sugar and Spice* gekommen bist, hast du bestimmt nicht damit gerechnet, dich in so einer Position wiederzufinden."

„Mitgefangen, mitgehangen!", posaunte Poison.

„Bitte seid ruhig", sagte Killer ernst. „Bo muss jetzt ernsthaft nachdenken. – Als ich dir in der Garderobe einen Strafpunkt gegeben habe, hatte ich eigentlich kein Recht dazu. Es gab kein Abkommen, das uns erlaubt hätte, dich zu erziehen oder herumzukommandieren. Doch jetzt hast du die Wahl. Wenn du den Rest der Nacht mit uns verbringen möchtest, musst du Crash erlauben, dir den Arsch zu versohlen. Und zwar genau hier, in der Bar. Wenn du lieber nach Hause möchtest, zahl ich dir das Taxi. Nimm's uns bitte nicht übel, aber wenn wir uns danach noch mal begegnen sollten, würden wir uns wahrscheinlich nicht an dich erinnern. Es gibt so viele Butch-Bottoms, die sich darum reißen würden, an deiner Stelle zu sein, und ich bin mir sicher, dass wir den bösen Hund, der sich im Moment noch als unser Hausboy bezeichnet, problemlos ersetzen können. Wenn du es erträgst, den Hintern versohlt zu bekommen, ohne zu versuchen, vom Barhocker aufzustehen, können wir über eine dauerhafte Anstellung nachdenken. Wenn sich herausstellt, dass du es nicht kannst, müssen wir wohl eine Anzeige ans Schwarze Brett hier hängen und anfangen, Vorstellungsgespräche zu führen. Crash und Poison halten ja sehr viel von deinen Muckis und deiner kräftigen Hand. Ich aber bin mal gespannt, was du von *meiner* kräftigen Hand hältst."

Jetzt verstand Bo, was der Spruch „mit den Titten in die Mangel geraten" bedeutete. Was zum Teufel war eine Butch-Bottom? Sie war so nass, dass sie nicht sicher war, ob sie überhaupt aufstehen und weggehen könnte. Sie würde bestimmt ausrutschen wie auf einem Stück Seife.

Bo sah in Poisons Gesicht. Die Stripperin schenkte ihr ein böses Lächeln. Kein Wunder, dass sie eine weiße Strähne im Haar hatte, dieses miese, kleine Stinktier. Es war ihr offensichtlich ganz egal, ob Bo durchhalten oder ob sie versagen würde. Egal, wie es ausging, sie würde sich bestens amüsieren. Bo seufzte und sah kurz zu Crash. Die Blonde hatte ihre ganze Aufmerksamkeit auf Killer gerichtet. Deshalb sah nun auch Bo zu Killer herüber. Die hatte beide Brauen hochgezogen. „Was ist nun?", wollte sie wissen. „Du musst dich nur entscheiden."

„Dann entscheide ich mich dafür, um ein paar Schläge zu bitten", sagte Bo trotzig. „Bitte, Ma'am. Ich meine, Ladys."

Poison applaudierte und kam wieder zum Barhocker herübergestöckelt, wo sie zum zweiten Mal Bos Schultern auf die gepolsterte Sitzfläche drückte. Crash presste eine Hand auf Bos Kreuz. Die andere ließ sie auf Bos jeansbespanntem Arsch ruhen.

„Nein", sagte Killer in gemeinem Ton. Sie sprach mit Absicht so laut, dass nicht nur Bo, sondern wahrscheinlich auch alle anderen in der Bar sie hören konnten. „Ohne Hose."

Bo erstarrte. Das würde bedeuten, dass jeder die Dessous sehen würde, die sie hatte anziehen müssen. Doch obwohl sie sich gedemütigt fühlte, waren ihre feuchtkalten Finger schon dabei, die Jeans aufzuknöpfen und sie runterzuschieben. „Okay", sagte sie. Dann verstummte sie. Einen längeren

Satz hätte sie nicht zustande bringen können, ohne dass ihre Stimme gezittert hätte.

Crash strich mit der Handfläche über das glatte, fliederfarbene Kleidungsstück. Gott, für ein Mädchen hatte sie wirklich große Hände.

„Ein leichter Schlag, vier mittelstarke und ein starker", beschloss Crash. „Links *und* rechts natürlich."

Bo biss die Zähne zusammen. Sie stellte sich vor, dass sie mit voller Wucht zuschlagen würde. Deshalb war sie dann von der Sanftheit der Schläge überrascht. Versuchte Crash etwa, sie zu schonen, oder schlug sie einfach nie so fest zu? Bo fragte sich, ob sie tatsächlich enttäuscht war, weil es nicht stärker wehtat? Wie merkwürdig! Es kam ihr einfach nicht in den Sinn, dass Crash für Killer die strenge Herrin nur spielte, damit der neue Boy nicht durchfiel.

Als Bo sich wieder erhob, war ihr Gesicht knallrot, aber das war wohl normal, schätzte sie. Schließlich hatte sie mit dem Kopf nach unten gehangen. Die drei Stripperinnen saßen wieder am Tisch und nippten an ihren Drinks. Während Crash aussah wie ein Kätzchen, dem Kanarienvogelfedern an der Nase klebten, schien es in Killer zu brodeln. Bo versuchte, ihre Augen nicht über den kleinen Tisch hinaus in den Raum wandern zu lassen. Doch als sie ihre Hosen wieder hochzog, stand ihr plötzlich die dicke Barkeeperin gegenüber. Unter dem wissenden Blick von Kat lief Bo tomatenrot an. Scheiß auf die Schlampen, egal wie aufregend es mit ihnen war! Eine andere Butch – eine gestandene Lesbe – wusste jetzt, was sie diesen Femmes erlaubt hatte, ihr anzutun. Bo wollte am liebsten wegrennen und sich verstecken.

„Hallo, kleines Hündchen", sagte Kat sanft. „Du bist ein toller Junge. Weißt du das eigentlich? Das hast du wirklich richtig gut gemacht."

Bo straffte die Schultern, atmete tief ein und flüsterte dann: „Danke." Aber da war Kat schon wieder am anderen Ende der Bar, bediente ein paar Gäste und hatte sie möglicherweise nicht mal gehört. Bo atmete noch einmal tief ein und wagte es dann, auch die anderen Lesben in der Bar anzusehen. Niemand zeigte mit dem Finger auf sie oder starrte sie an. Ein paar drehten sich nach ihr um. Waren das höhnische Blicke, oder war es Neid?

„Hab ich eure kleine Prüfung bestanden?", wollte Bo wissen.

Killer sah aus, als würde sie ihr gleich ins Gesicht springen. In diesem Moment wurde sie von jemandem angerempelt, so stark, dass der Tisch vorrutschte und die Gläser überschwappten.

„Du!", rief Killer wütend.

„Donna!", brüllte Kat warnend herüber. „Mach keinen Scheiß in meiner Bar!"

„Was erwarten die denn, in diesem Aufzug?", höhnte Donna. „Sie laden ja förmlich dazu ein, ihnen an die Wäsche zu gehen. Sie machen mich eben einfach an. Ich kann nicht anders. Ich muss ihnen doch zeigen, was ich für sie empfinde." Und dann griff sie sich in den Schritt.

Bo verstand, dass das der Boy sein musste, über den sich die Tänzerinnen pausenlos beklagt hatten. Donna war so groß wie Killer, aber mindestens vierzig Pfund schwerer. Ihr Haar war kurz und lockte sich wie schwarze Schafwolle, und sie hatte die feuchtglänzenden, braunen Augen eines Collies. Bo hatte diesen Blick zuletzt beim Hund ihres Onkels gesehen. Jedes Mal, wenn der Hund angekommen war, um einem die Hand zu lecken und sich einzuschmeicheln, konnte man darauf wetten, dass er gerade ein Huhn gemordet hatte. Bo rümpfte die Nase bei dem Geruch von Marihuana und Gin. Was für eine unkultivierte Kombination.

„He, was sollen die langen Gesichter? Ich hab doch keinen vergewaltigt", johlte Donna. „Ich will nur Hallo sagen." Sie beugte sich runter zu Killers Gesicht. „Hallo!", rief sie. „Wo wart'n ihr? Ihr seid zu spät. Ich hab schon gedacht, ich muss einen Türknauf benutzen, wenn ich heute Nacht noch was zwischen die Beine kriegen will." Sie griff sich hinters Ohr, zog eine Zigarette hervor und hielt sie unter Poisons Nase. „Haste ma Feuer?", jammerte sie. „He, wen muss ich ficken, um hier 'n Streichholz zu kriegen?"

„Du bist gefeuert", sagte Killer deutlich und schob Donna weg. „Gib das Halsband zurück, und dann zieh Leine!"

„Gefeuert? Ihr könnt mich nicht feuern!", brauste Donna auf. „Das wird ein Nachspiel haben! Außerdem, wer zahlt jetzt meine Rechnung?"

„Von jetzt an kannst du deinen Scheiß selbst bezahlen", erklärte Poison.

Donna zog ein einfaches, ledernes Hundehalsband aus ihrer Gesäßtasche und zielte damit auf Killer, die es mit einer Hand auffing. Dann spitzte Donna die Lippen und spuckte Killer an.

Kat kam mit einem Gummiknüppel durch die Bar gerannt. Aber Bo war schneller. Sie streckte die Hände aus, packte den Störenfried am Ohr und verdrehte es. Donna schrie gellend auf und ging in die Knie.

„Du reißt mir den Ohrring raus!", brüllte sie.

„Das will ich hoffen", antwortete Bo und grub ihre Fingernägel noch ein wenig tiefer. Sie lief in Richtung Eingangstür, und Donna folgte ihr im Entengang.

„Du Drecksau", fluchte Donna. „Ich hasse dich! Was haben sie mit dir gemacht? Haben sie dir versprochen, dass du ihre Ärsche küssen darfst? Das sind doch nur dreckige, kleine Nutten, und was sagt das über dich aus? Lass mich los. Hör auf, hör verdammt noch mal auf damit!"

Donna war im *Jax* offenbar keine Unbekannte, denn es gab vereinzelten Applaus, als die Stammgäste mitbekamen, was Bo gerade machte. Das Klatschen schwoll zu wildem Beifall an, als Bo an der Tür angekommen war, Donna auf die Füße stellte und mit einem Tritt in den Hintern aus der Bar beförderte.

Doch der arme Bad Dog wollte sich noch nicht geschlagen geben. „Ich wette, du leckst ihnen die Arschlöcher", schrie sie gellend von draußen. „Hoffentlich scheißen sie dir ins Maul! Diese Nutten! Du treibst dich mit …"

Bo hörte ein Dröhnen hinter sich, und Scheinwerferlicht blitzte an den Rändern ihres Blickfeldes auf. Sie ging zwei Schritte vorwärts, packte Donna am Kragen und schlug ihr mit der rechten Faust ins Gesicht.

„Wo ich herkomme, reden wir nicht so über die Ladys, die uns die Drinks bezahlen", sagte sie und ließ ihre Gegnerin auf den Asphalt fallen. „Es ist aus. Geh nach Hause."

Reid bremste am Bordstein. Auf dem Rücksitz ihres Motorrads standen drei Beutel Eis, mit Spanngurten festgeschnallt. Sie nahm die Gurte ab und warf Bo einen Beutel Eis zu. „Hilf mir mal beim Reintragen", verlangte sie und stapfte voraus. Dabei warf sie Donna einen mitleidlosen Blick zu und sagte: „Na, stecken wir in Schwierigkeiten?"

„Es gibt hier keine Schwierigkeiten", sagte Bo. Es tat gut, das Eis an den aufgeplatzten Knöcheln ihrer rechten Hand zu spüren. Sie ließ Reid vor sich gehen, damit Donna nicht auf sie losging. Doch der in Ungnade gefallene Hund stand auf und lief in die andere Richtung davon, als wäre Bo so etwas wie ein schlechter Geruch, den er zu meiden beschlossen hatte. Donna holte etwas Kleingeld aus ihrer Tasche und lief zur Telefonzelle auf der anderen Straßenseite.

In der Bar kamen ihr Killer, Crash und Poison entgegen, nahmen ihr das Eis ab, wuchteten es über ihre Köpfe und trugen es durch die ganze Bar bis zu Kat.

„Du bist verletzt", sagte Crash und wiegte Bos zerschundene Faust in ihren Händen.

„Wir hätten uns diesen aggressiven Vollproll einfach selber vorknöpfen sollen", murmelte Poison.

„Ja, aber warum sollten wir?“ Killer lächelte. „Wir haben jetzt einen viel größeren und besseren Hund, der auf uns aufpasst. Einen Pitbull, würde ich sagen. Fühlst du dich wie ein Pitbull, Bo?“

Kat stand hinter der Theke und zeigte mit dem Daumen nach oben.

„Was zum Teufel geht hier ab?“, raunzte Reid. „Da lasse ich dich mal zwanzig Minuten allein, und schon bricht der dritte Weltkrieg aus. Irgendwann wird dir mal einer aus diesem Irrenhaus was antun, Kat, und dann muss ich …“

„Piep Charley an“, sagte Killer zu Poison. „Lasst uns unser Baby mit nach Hause nehmen.“

„Wir wollen mal sehen, ob du es magst, wenn dein rotes Hanky auf der anderen Seite ist“, versprach Crash und drängte sich an Bos Seite. Ihr Parfum ließ Bo schwindlig werden. Sie hätte nur zu gern gewusst, was das mit dem roten Hanky zu bedeuten hatte. Aber jetzt, wo das Glück es schließlich so gut mit ihr gemeint hatte, schien nicht der richtige Moment für Fragen zu sein.

Clarissas letzte Nacht

Die Dämmerung war angebrochen, aber noch waren die schweren Vorhänge nicht zugezogen. Draußen hatte sich die leichte Brise in einen stürmischen Wind verwandelt, der die Einfahrt auf- und abmarschierte und die zwei Reihen junger Pappeln, die entlang der Zufahrt wuchsen, ins Verhör nahm. Die schlanken, zarten Bäume zeigten, dass sie nervös waren, denn wieder und wieder verbeugten sie sich tief.

Drinnen, auf einem braunen (eigentlich mokkafarbenen) Samtsofa, saß Berenice, die Frau. Obwohl Flammen über die Scheite auf dem Kaminrost leckten, steckte sie ihre Füße unter ein besticktes Kissen und zog ihren roten Satinmorgenmantel fester um die Brust. Sie war eine hochgewachsene Frau Anfang vierzig mit einem zarten Gesicht und kurzem,

Diese Geschichte bildet keine Realität ab. Sowohl das Alter als auch die Verhältnisse der Figuren untereinander sind Teil einer erotischen Fantasie. (Anm. der Übersetzerinnen)

lockigem, dunklem Haar. Ihre Bewegungen hatten zugleich etwas Anmutiges und Kraftvolles. Wenn sie sich ausruhte, wirkte sie auffallend selbstbeherrscht und aufmerksam. Dass es etwas gab, was sie überraschen oder verletzen konnte, war schwer vorstellbar. Auf einem kleinen Mahagoni-Tisch stand eine silberne Teekanne und dampfte. Der Duft von Schokolade und Gewürzen breitete sich aus. Berenice atmete den wohltuenden Geruch ein und lächelte über das stürmische Schauspiel draußen vor den Fenstern.

Auf dem Boden saß Clarissa, das Mädchen. Alles war an seinem Platz. Berenices Universum war in Ordnung, war vollständig. Sie streckte eine Hand aus und streichelte über den blonden Kopf, der schon seit einer halben Stunde vor Kummer gesenkt war. Nach einer Weile wandte sich das kleine, tränenüberströmte Gesicht ihr zu und sah hoch. Berenice legte einen warnenden Finger auf Clarissas Lippen, die süß und voll waren wie eine reife Kirsche.

„Nicht!", sagte sie, und das Mädchen senkte wieder den Kopf. Ihre Schultern bebten. Die Frau streichelte weiter über das Haar, hob die champagnerfarbenen Locken an und ließ sie langsam wieder fallen. Ihre kleine Schönheit trug ein schwarzes Samtkorsett, das gerade fest genug geschnürt war, um ihre schmale Taille und die perfekte Rundung ihres Hinterns zu betonen. Es schob auch ihre knospenden Brüste hoch und eng zusammen. Die Brustspitzen waren so klein und rosa, dass sie kaum zu sehen waren. Die gazellenhaften Beine steckten in Seidenstrümpfen, die von schwarz geruschten Strumpfbändern gehalten wurden und in schwarzen Samtpumps verschwanden. An jedem Schuh war kurz über dem Absatz ein winziger Silberring befestigt. Eine dünne Silberkette führte von einem Ring zum anderen und bestimmte, wie lang Clarissas Schritte sein durften und wie sie beim Sitzen ihre Beine halten konnte. Eine weitere Silberkette war mit einem Achterknoten um jeden Spann und Absatz geschlungen und sorgte dafür, dass die Schuhe fest an Clarissas Füßen saßen.

Berenice griff fester in das Haar der Kleinen und bog ihren Kopf zurück. Mit dem Finger folgte sie der Spur einer einzelnen Träne von der Wange über die Kehle bis zu den bebenden Brüsten.

„Meine Liebe", sagte sie zärtlich und hielt Clarissas Kopf dabei fest in ihren Händen, „du wirst dir nur deinen Teint verderben und Kopfschmerzen bekommen. Willst du jetzt nicht deine Schokolade trinken?"

Clarissa sah in die klugen, braunen Augen, die so ruhig waren, so liebevoll und doch gnadenlos. Sie biss sich auf die Unterlippe und schaffte es, ein zaghaftes „Ja, bitte" hervorzubringen.

„Heute werde ich selbst einschenken", sagte die Frau und erhob sich vom Sofa. Sie goss einen kleinen Schluck Kognak aus einer Kristallkaraffe in eine Tasse, gab dann die Schokolade hinzu und rührte um. Sich selbst schenkte sie ein Glas Kognak ein. „Hier, das wird dir guttun", sagte sie aufmunternd zu Clarissa, die die Tasse in beide Hände nahm.

Berenice stellte ihren Kognak auf dem Beistelltisch ab und ging zum Fenster hinüber, um die Vorhänge zu schließen, dann warf sie ein neues Scheit ins Feuer. Es fing sofort an zu brennen, und der ganze Raum wurde hell und warm. Berenices Morgenmantel hatte keinen Gürtel, und so öffnete er sich hin und wieder, während sie umherlief, und entblößte dabei die weichen Kurven ihres Körpers. Ihre Haut war karamellbraun, ihre Hüften üppig – sie strahlte zugleich etwas Sinnliches und Mütterliches aus. Sie war sich Clarissas Aufmerksamkeit sehr wohl bewusst, als sie langsam zum Sofa zurückkam und es sich wieder darauf gemütlich machte.

So saßen sie in einträchtiger Stille, tranken hin und wieder einen Schluck und sahen ins Feuer. In Clarissas Gesicht kehrte allmählich etwas Farbe zurück. Sie stieß einen zitternden

Seufzer aus und stellte Tasse und Untertasse vorsichtig auf einem niedrigen Tisch ab. Dann drehte sie sich zu Berenice um, schob die Hände unter das Kissen und tastete nach den geschmeidigen Füßen ihrer Mistress.

„Darf ich sie wärmen?", bat sie.

„Wenn es dich tröstet."

Clarissa wärmte sie zärtlich zwischen ihren weichen Händen. Sie hob sie hoch, legte sie sanft an ihre Brust und küsste die Zehen und den Spann. Doch da kehrte ihr Unglück plötzlich mit aller Macht zurück, und sie begann, über den herrlichen Füßen zu weinen, küsste dann die Tränen weg und trocknete sie mit ihren Haaren.

„Entschuldigung! Es … es tut mir leid", sagte sie, unterbrochen von einem Schluckauf, „aber … aber …"

Da wurde sie von starken Armen umfasst, und das rote Satingewand öffnete sich und nahm sie in Empfang, als ihre Geliebte sie zu sich auf den Schoß zog.

„Es macht mich froh zu sehen, dass du mich vermissen wirst …", sagte Berenice. Diese wundervoll rauchige Stimme!

Clarissa dachte, *wie sehr ich sie liebe*, und schluchzte: „Oh, das werde ich – und wie!"

„… es sei denn, der Ausbruch vorhin ist ein Zeichen dafür, dass du mir den Gehorsam verweigern willst."

„Nein! Nein, ich tue alles, was Sie verlangen. Nur lassen Sie mich wieder zu Ihnen zurückkommen. Ich weiß, dass Sie mich nicht bei sich haben wollen, wenn ich unartig bin. Aber wenn ich mich dort brav verhalte, dann darf ich doch zu Ihnen zurück, oder?"

„Natürlich, du dummes Mädchen. Hier ist dein Zuhause. Es sind nur sechs Monate Schule; es ist keine lebenslängliche Verbannung. Solltest du versuchen wegzulaufen, werde ich mit all meinen Kräften nach dir suchen und dich zurückbringen, selbst wenn ich dafür die halbe Welt durchqueren müsste."

Clarissa schmiegte sich zwischen Berenices Brüste, in deren Schutz sie sich allmählich beruhigte. „Sechs Monate sind gar nicht so lange", murmelte sie und versuchte, erwachsener zu klingen.

„Bist du müde?"

„Nein."

„Hol mir meinen Kognak! Elise wird deine Sachen packen. Und wir beide werden deine letzte Nacht zusammen im Erziehungszimmer verbringen."

Clarissa erschauerte und glitt von Berenices Schoß, die sitzen blieb und sich an den hochhackigen Schuhen und den winzigen Schritten erfreute, die das silberne Kettchen (das dünn genug war, um reißen zu können) erlaubte. Clarissa griff nach dem Kognakschwenker. Das Licht schien durch den Weinbrand hindurch und warf einen kleinen, bernsteinfarbenen, schwankenden Kreis unter ihr Schlüsselbein. Berenice war stolz auf Clarissa und entschlossen, sie nicht dadurch zu verziehen, dass sie zu wenig Härte zeigte oder an Liebe sparte. Als sie sah, dass Clarissa bereit war, hinter ihr herzutrippeln, erhob sie sich und ging mit großen Schritten aus dem Raum und den Korridor entlang. Bis zum Erziehungszimmer, dieser heiligen Stätte häuslichen Friedens, war es nur ein kurzer Weg.

Berenice blieb auf der Türschwelle stehen und ließ ihren Blick über das Zimmer schweifen. Alles war wohlgeordnet. Elise, das Dienstmädchen, war sehr gewissenhaft. Berenice dachte daran, dass sie in Zukunft mehr Zeit für sie haben würde, wenn Clarissa im Mädchenpensionat war. Elise hatte eine zu gute Schule hinter sich, als dass sie sich über Vernachlässigung beschweren würde, aber bei jedem geliebten Menschen, der sich zu lange nicht beachtet fühlt, lässt die Anstrengungsbereitschaft nach, und er wird schluderig. Clarissas Abwesenheit bedeutete nicht das Ende der Welt, sagte sie sich resolut. Wenn Clarissa erst einmal eine erwachsene Frau war, würde sie ohnehin ihre eigenen Wege gehen. Die

Schule war der nächste logische Schritt in der Entwicklung ihrer Sexualität. Und mit Elise würde es schon nicht langweilig werden, schließlich gab es bestimmte Dinge, die man von einem jungen Mädchen nicht verlangen konnte. Vielleicht war es an der Zeit, mal wieder ein Fest für ihre Freunde zu geben. Elise war auf dem letzten kaum zur Ruhe gekommen, so begehrt waren ihre Dienste. Sie war sozusagen die Königin des Balls gewesen.

Das Erziehungszimmer war mit dunklem Holz getäfelt. An einer Wand und an der Decke hingen große Spiegel. Ein Perserteppich mit einem verwirrenden Muster in leuchtenden, sinnlichen Farben bedeckte den Boden. In der Mitte des Raums stand etwas, das an einen großen Sägebock erinnerte. Der obere Balken und die vier Beine waren gut gepolstert und mit schwarzem Leder überzogen. An Vorder- und Hinterseite sowie an den Beinen gab es Stahlringe, und an den hinteren Beinen war, etwa einen halben Meter über dem Boden, ein Paar lederner Steigbügel festgenietet. In einer Ecke des Raums baumelte ein kompliziertes Arrangement aus Seilen und Flaschenzügen von der Decke. Darunter lag, gleich neben einer großen, lackierten Truhe, eine Sammlung verschiedener Stöcke, und in der Ecke hinter der Tür stand ein mit Gold verzierter Schirmständer aus Elfenbein, in dem sich Rohrstöcke, Ruten, Reitgerten, Hundepeitschen und Bündel von Birkenzweigen befanden. Berenice ordnete sie, als hätte sie einen Blumenstrauß vor sich, und schaute sich jedes einzelne Stück noch einmal genau an. Dann ging sie zu der geschnitzten, chinesischen Truhe und öffnete sie. Sie holte vier silberne Hand- und Fußschellen heraus, vier kurze Silberketten und ein paar feingearbeitete, silberne Schlösser und legte alles sorgsam auf dem Truhendeckel ab. Dann suchte sie in den Taschen ihres Morgenmantels nach der Halskette, die sie immer trug, und vergewisserte sich, dass sie den Schlüssel zu den Schlössern dabei hatte.

Clarissa kam mit dem Kognak herein. Sie kniete sich hin und bot ihn Berenice an. Dabei hielt sie den Kopf zur Seite geneigt und die Augen gesenkt. Ihr trauriger, schmollender Mund und die rot geweinten Augen verliehen dieser traditionellen Pose einen zusätzlichen Reiz. Berenice beließ sie in dieser Haltung, während sie das Feuer schürte, kam dann zurück und nahm ihr das Glas ab.

„Auf das Pferd", befahl sie.

Mit der Geschicklichkeit einer Turnerin schwang sich Clarissa hoch. Berenice nahm die Schmuckkette ab, die Clarissas Füße aneinander band, ließ sie aber die Schuhe anbehalten. Im Nu hatte sie die silbernen Schellen an ihren Hand- und Fußgelenken befestigt. Mit Liebkosungen brachte sie Clarissa nun dazu, sich auf den Bauch zu legen und auf dem Balken auszustrecken, die Arme nach vorn zu schieben, die Beine zu spreizen und die Füße in die Steigbügel zu stecken. Dann wurde Clarissa mit professioneller Hand so an das Pferd gekettet, dass sie sich kaum mehr bewegen konnte. Sowie das letzte Schloss einrastete, begann sie zu wimmern und sich auf dem Balken hin- und herzudrehen.

„Ich habe Angst", sagte sie. „Aber ich möchte Ihnen eine Freude bereiten!"

„Mal sehen, was dir mehr Angst einjagt: der Schmerz oder meine Unzufriedenheit mit dir." Berenice näherte sich ihrem bebenden, mädchenhaften Opfer und hielt etwas in ihrer Hand versteckt. „Mach die Augen zu", befahl sie. Und ohne sich um Clarissas Gewimmer und deren widerspenstiges Drehen und Winden zu kümmern, streifte sie ihr eine Augenmaske aus Nerz über. Berenice hatte ihr erstes Züchtigungsinstrument bereits gewählt: eine Reitgerte mit einem brandneuen Cracker an der Spitze. Von allen Instrumenten erzeugte sie das eindrucksvollste Geräusch. In der anderen Hand hielt sie eine Pfauenfeder. Ein Handschuh aus Kaninchenfell und ein Striegel lagen einsatzbereit in Griffweite.

Indem sie all diese Utensilien abwechselnd benutzte und mit jedem sowohl Schmerz als auch Lust bereitete, hatte sie Clarissa sehr schnell entspannt und sie absolut verletzbar gemacht, zappelnd und wimmernd, hatte ihre Haut sensibilisiert und die Nerven dazu gebracht, jeden Schmerz und jedes Unbehagen zu besänftigen und in ihre steigende Erregung zu integrieren.

Selbst, wenn Berenice schwere Vergehen bestrafte, tat sie es nie auf brutale Weise. Sie liebte die Hilflosigkeit und sehnte sich nach dem Anblick eines weiblichen Körpers, der jeden Anstand, jede Selbstkontrolle aufgab. So etwas war einem nur vergönnt, wenn es Liebe und Vertrauen gab. Dominanz braucht einen Komplizen. Eine wohlerzogene Sklavin wird immer unsterblich in ihre Mistress verliebt sein und tagelang weinen, wenn ein Verstoß unbestraft bleibt. Erfolgt keine Bestrafung, so wird sie darum bitten – und als Zeichen ihrer Hingabe wird sie sie sogar selbst ausführen.

Berenice streichelte die Innenseiten von Clarissas Schenkeln mit dem Fellhandschuh und erlaubte ihr, die ersten Vorwehen eines Orgasmus zu spüren. Dann zog sie die Hand zurück und nahm ihr die Augenbinde ab. Clarissa protestierte lautstark.

„Man kann es dir aber auch nicht recht machen“, sagte Berenice lachend. „Du magst sie nicht auf, und du magst sie nicht ab. Du verdrehtes Ding, du.“ Sie strich den Rücken entlang. „Dann kann ich ja mit dir machen, was ich will. Oder etwa nicht, meine Schöne?“ Und sie erpresste eine wortreiche, deutliche Einwilligung von ihrer angeketteten, jungfräulichen Sklavin. Ihre Liebkosungen näherten sich allmählich den empfindlichsten Körperstellen. „Errätst du, was ich mit dir vorhabe, mein fast erwachsenes Mädchen? Na? Es ist etwas, was wir zwei nicht besonders oft tun.“ Ihre Finger drangen ein Stückchen ein, reizten und zogen sich wieder zurück. „Wir werden uns eine kleine, aber ernsthafte Züchtigung gönnen, meine Kleine. Eine ordentliche Tracht Prügel. Bist du dazu bereit?"

„O ja … bitte", keuchte Clarissa.

Berenice nahm eine kurze neunschwänzige Katze aus dem Schirmständer. Sie begann zunächst mit ein paar sanften Schlägen auf Clarissas Schulterblätter und den Rücken. Dann gingen die Hiebe auch auf ihre zarten Schenkel nieder und hinterließen rote Streifen, die schnell verblassten. Zwischen den Schlägen legte sie Pausen ein, in denen sie Clarissa liebevoll lobte, ihr zuredete und sie dabei mit dem Peitschengriff zwischen den Beinen kitzelte. Bald schon hatte sie Clarissa so weit, dass sie sich auf dem Pferd wand und ihren Hintern auf und nieder bewegte wie eine lüsterne Stute. Das Mädchen schnappte nach Luft, öffnete und schloss ihre kleinen Fäuste.

„Du wirst ja ganz rot", sagte Berenice. Sie ließ ihre kühle Hand über Clarissas Hintern gleiten. Dann schlug sie wieder zu, diesmal fester. „Bleib ruhig. Alles ist gut. Ganz ruhig. Es ist gut …" Sie ging zum Kopfende des Pferdes und nahm den Mund des gefesselten Mädchens in Besitz. „Mehr? Ja? Mehr." Sie kehrte ans Fußende zurück und ließ einige gut gezielte Hiebe niedersausen. „Nun mach schon! Fang an zu singen! Ich will dich hören. Gott, wie gern würde ich dir die Haut von deinem rosa Hintern peitschen." Die Katze zischte durch die Luft und erzeugte einen leichten Lufthauch, unter dem sich Berenices Locken bewegten.

Berenice lächelte. „So süß", murmelte sie. „Du bist so süß. – Einen Kuss?"

„O ja."

Berenices Zunge drang ein. Wie stark sie war! Clarissa vergaß sich und fing an, daran zu beißen und zu saugen. Da zog sich Berenice zurück und lachte sie aus.

„O … mehr!", schluchzte Clarissa. „Ich brenne überall. Gehen Sie jetzt nicht weg!"

„Böses Mädchen“, sagte Berenice. „Lüsterne kleine Schlampe! Wie kannst du es wagen, mich zu beißen, als wärst du eine gewöhnliche Straßenhure? Wir sollten die Nutte dafür bestrafen, bevor sie noch unverschämter wird. Meinst du nicht, Herzchen?“

Clarissa hielt mit Mühe ein Ja zurück und blieb still.

„Was? Du willst also mit einer Respektsperson diskutieren? Triebhaft veranlagt und obendrein noch unverschämt! Was für eine widerliche Kombination. Antworte, aufmüpfiges kleines Fräulein! Hast du oder hast du mich nicht gebissen?“

„Ich … ich habe Sie gebissen“, gab Clarissa zu.

„Und – hast du es aus Schmerz und Angst getan?“

„N-n-nein.“

„Dann müssen wir daraus schließen, dass du dich von fleischlichen Gelüsten hast überwältigen lassen. Und du weißt, dass so etwas nicht geduldet werden kann.“

„Ja“, gab Clarissa geschlagen zu. „Ich weiß.“

„Nun, dann erspar uns überflüssige Versuche, einer gerechten Bestrafung auszuweichen! Oh, wart’s nur ab, wenn ich dich erst einmal richtig durchwalke. Schlampe! Nutte!“

Berenice überhäufte ihr unartiges Mädchen weiter mit Flüchen, trank dabei hin und wieder einen Schluck Kognak und ging noch einmal zu der lackierten Truhe. Obenauf lag ein Kästchen, in dem sich ursprünglich Samtetuis mit Perlenketten, Ohrringen, Diamantbroschen und dergleichen befunden hatten. Jetzt enthielt es eine andere Art Geschmeide. Sie nahm eins der Kleinode heraus – diabolische Miniaturen, die ihr zublinzelten – und brachte sie zu Clarissa, damit sie einen Blick darauf warf.

„Die hat meine Großmutter aus dem Orient mitgebracht“, sagte Berenice. „Sie hat sie zum Verschließen ihres Opernumhangs benutzt. Sind sie nicht hübsch?“

Sie zeigte Clarissa ein Paar Silberklemmen, jede in Form eines Drachen, dessen Kiefer aufklappbar war, um sich im

Saum eines Umhangs festzubeißen … oder in etwas anderem, das sich seinem gierigen Maul anbot. Die Klemmen waren durch ein kurzes Stück Kette verbunden.

Der Balken war so schmal, dass Clarissas Brüste auf beiden Seiten hervorsahen. Berenice streichelte sie und erregte Clarissa damit so sehr, dass sie glaubte, verrückt zu werden, wenn Berenice ihr nicht gleich eine Atempause gönnen würde. Das Zwicken an ihren Brustwarzen verstärkte nur ihr Verlangen.

„Sie sind so grausam“, schluchzte sie.

Berenice zwirbelte die Brustwarze, die ihr am nächsten war.

„Hüte deine Zunge“, sagte sie und presste den kalten, grinsenden Drachen gegen Clarissas weiche Haut. „Was meinst du, was ich damit machen werde?“, fragte sie. „Hast du es schon erraten?“

„Nein“, log Clarissa.

Berenice öffnete eine Klemme, zog leicht an Clarissas Brustwarze und ließ das mystische Ungeheuer von ihrer Brust baumeln. Im nächsten Moment hing auch sein Zwillingsbruder an der anderen Brust. Die Kette war so kurz, dass sich die Brustwarzen fast berührten.

Es klang, als würde Clarissa weinen, doch in ihren Augen standen keine Tränen, und sie versuchte, Brüste und Geschlecht an dem Balken zu reiben. Die Steifheit des Korsetts verhinderte, dass sie sich frei bewegen konnte, und der schwache Kontakt mit dem Leder erregte sie nur noch mehr.

Berenice ging ans Fußende des Balkens und streichelte sie wieder, verteilte Clarissas Liebessaft von der Klitoris bis zum Damm, strich ihn über beide inneren Lippen, rieb damit sogar ihre engste, kleinste Öffnung ein. Dann beugte sie sich herab, blies über die feuchten Stellen, und Clarissa stöhnte: „Ich bestehe nur noch aus Nässe und dem Ding zwischen meinen Beinen. Was machen Sie mit mir?“

„Was geht dich das an?“

„Nichts … aber lassen Sie mich jetzt nicht allein … bitte verfügen Sie über mich, benutzen Sie mich!“ Sie weinte, als Berenice die üppig fließenden Säfte erneut verteilte, sie auf Clarissas Schenkeln und zwischen den Hinterbacken verrieb und ihren heißen Atem über die entflammte, feuchte Haut blies.

Als Clarissa völlig außer sich war, wählte Berenice ihre dritte und letzte Waffe: einen langen, biegsamen, gelben Rohrstock. Bevor sie anfing, trank sie noch einen Schluck Kognak und zog ein paar Mal kräftig an den grinsenden Drachen.

Bis zu diesem Moment hatte sie ein vertretbares Maß an Schmerz ausgeteilt, hatte Clarissas Haut gerötet, bis sie warm und leicht geschwollen war, sie aber nie verletzt. Normalerweise ließ sie keine Spuren auf Clarissas Körper zurück, weil sie ihn mehr mochte, wenn er glatt und unversehrt war. Doch Clarissa sehnte sich seit Langem nach den Striemen, die Elises Körper aufwies, und hatte Berenice oft vorgeworfen, sie ihr vorzuenthalten. Und so gab sie ihrem jungen Schützling zu verstehen, dass ihre Schläge heute Nacht sichtbare Zeichen zurücklassen würden.

„Was ich dir jetzt gebe, muss für sechs Monate reichen. Denk daran, wenn du glaubst, es nicht mehr ertragen zu können. Es sind sechs lange, einsame Monate.“

Aber sie erwartete nicht wirklich, dass Clarissa ihre Zeit auf dieser besonderen Schule freudlos verbringen würde, ohne Freunde und ohne Bestrafung. Mit aller Macht unterdrückte sie einen Stich von Eifersucht. Jahrelang hatte sie Clarissa für sich allein gehabt. Ihre Liebe füreinander war aufrichtig, aber vielleicht würde sie Clarissas Jugendzeit nicht überdauern. Selbst diese zärtliche Unterwerfung könnte verblassen und etwas Feindliches, Herrschsüchtiges oder Gleichgültiges an ihre Stelle treten.

Clarissa wartete geduldig darauf, dass die Geliebte weitersprach oder begann, sie mit dem Rohrstock zu züchtigen. Berenice brauchte eine Weile, um sich zu sammeln, und kehrte dann zu ihrer Aufgabe zurück. Sie durfte an nichts anderes denken, durfte nicht zulassen, dass Unkonzentriertheit ihre Hand zum Zittern brachte.

„Die Male werden von den Kniekehlen bis hinauf zu deinen Hüften reichen. Ich werde sie gleichmäßig auftragen, in parallelem Abstand zueinander. Du wirst dich nicht bewegen!"

Berenices Stimme klang ruhig und todbringend. Clarissa fröstelte. Die Unterrichtsstunden in vorangegangenen Sessions hatten sie gelehrt, dass sie, wenn ihr ausdrücklich befohlen worden war, stillzuhalten, sich am besten keinen Millimeter von der Stelle rührte.

Ein paar Sekunden vergingen, und die Spannung stieg. Clarissa konzentrierte sich und verlangsamte ihre Atmung, um zu ertragen, was sie sich selbst als Ziel gesteckt hatte … und dann … *witsch! witsch! witsch!* Jeder einzelne Hieb war entsetzlich. Berenice wechselte nach jedem die Seite, sodass beide Schenkel die gleiche Anzahl erhielten. Bevor sie sich Clarissas Hintern vornehmen würde, legte sie eine Pause ein, um ihnen beiden die Gelegenheit zu geben, Mut zu fassen. Dann holte sie aus wie eine Tigerin und hinterließ eine perfekte Reihe Striemen zwischen der zarten Babyspeckrolle unter den Hinterbacken bis zu der dünnen, straff gespannten Haut kurz vor dem Steißbein.

Clarissa flehte stammelnd um Vergebung und um Erlösung. Berenice reizte sie mit den Fingern und rief ein mitleiderregendes Stöhnen hervor. Sie wiederholte die Liebkosung, etwas intensiver diesmal, und Clarissas ganzer Körper bettelte nach mehr.

„Bitte … gehen Sie in mich rein", flehte Clarissa. „Nehmen Sie meine Jungfräulichkeit. Ich will sie niemandem sonst geben, nur Ihnen, *Mutter*. Elise hat gesagt, dass sie es mehr als alles liebt, wenn Sie in ihr sind. Ich kann es nicht ertragen, wenn Sie mir nicht dasselbe geben wie ihr. Bitte! Bitte!"

Berenice runzelte die Stirn. „Du bist eifersüchtig“, sagte sie. „Das gefällt mir nicht. Glaubst du, du könntest mich zu irgendetwas zwingen? Nun?“ Sie kitzelte ihre Vulva, übte einen leichten Druck auf das Jungfernhäutchen aus, drang aber nicht in sie ein. Dann kehrte sie zurück zu der rosafarbenen Perle und brachte Clarissa bis an den Rand eines Orgasmus. „Entschuldige dich“, presste sie zwischen zusammengebissenen Zähnen hervor. „Und es ist besser, du überzeugst mich davon, dass du es ernst meinst, andernfalls werde ich dir die Befriedigung verweigern und dich mit einem Keuschheitsgürtel auf die Schule schicken!“

Beide Stimmen steigerten sich zu einem Schreien, und in einer zusammenhanglosen Kakofonie aus Flüchen und erniedrigenden Geständnissen stachelten sie sich gegenseitig auf.

„Ich bin so schlecht“, rief Clarissa lustvoll. „Ich verdiene nichts anderes als die grausamste und strengste Bestrafung. Ich flehe um Vergebung, um Nachsicht, um Züchtigung. Ich flehe Sie an, geben Sie mir die Möglichkeit, meine Schuld auszulöschen, meine Verfehlung wiedergutzumachen. Oh, es tut mir leid, so leid, so unendlich leid!“

„Ah, ja, das ist es. Ein bisschen mehr hiervon, das reicht doch, oder? Normalerweise reicht es“, fauchte Berenice. „Ja, mein kleiner, geschundener Engel. Komm zu mir. Du sollst zu mir kommen! Jetzt. Ja, jetzt!“

Die Ketten und das Pferd protestierten, als Clarissa ihren Körper von einer Seite zur anderen warf und Berenices Hand mit einem überreichen Beweis ihrer Lust nässte. Dann lag sie totenstill da. Berenice ging zu ihrem Kopf und streichelte ihn, wie man ein verängstigtes Tier streicheln würde. „Ist ja gut … alles ist gut“, sagte sie.

Clarissa hob den Kopf. Ihre Augen waren tränennass.

„Bin ich noch da?“, flüsterte sie. „Oh, danke, liebste *Mutter*. Bitte verlassen Sie mich nicht. Hören Sie niemals auf, mich zu lieben.“

„Sei still, mein Herz. Ich lass dich jetzt runter.“ Während Berenice den Schlüssel nacheinander in die kleinen Schlösser steckte, klärte sie Clarissa darüber auf, was in der Schule von ihr erwartet wurde. „Du musst deiner Direktorin und den Lehrerinnen denselben Respekt und dieselbe fröhliche Gehorsamkeit entgegenbringen wie mir. Ich werde jeden Monat die Berichte über dich lesen“, sagte sie und überprüfte die Ketten, mit denen die Stöckelschuhe an Clarissas Füßen befestigt waren. „Wenn die Berichte zufriedenstellend ausfallen, werde ich dich nach deiner Rückkehr entjungfern. Sofern das wirklich dein Wunsch ist und du dann noch Jungfrau bist.“

„Das werde ich“, sagte Clarissa. „Ich verspre…“

„Sei still. Versprich mir nichts. Du bist zu jung für Treueschwüre. Warte ab, bis du die Direktorin von *Hohentürmen* kennengelernt hast, und dann entscheide, ob du mir dein Herz unangetastet zurückbringen willst, ganz zu schweigen von deiner kleinen Auster, meine Schöne.“

Den Kummer und den Schmerz in diesen bitteren Worten bemerkte Clarissa nicht. Noch bevor sie eine beruhigende Antwort geben konnte, nahm Berenice ihren willenlosen Körper auf die Arme, stieß die Tür mit dem Fuß auf und rief in den Korridor: „Elise! Lass ein Bad für zwei ein. Leg genug Badetücher und die Heilsalbe raus. Stell auch ein Tablett mit Likör und ein kaltes Abendessen auf mein Zimmer. Danach kannst du dich für die Nacht zurückziehen.“

„Ja, Madam“, kam eine höfliche Antwort zurück, und das Geräusch fließenden Wassers drang leise von der anderen Seite des Hauses zu ihnen herüber: Elise goss kochendheißes Wasser in die Wanne nach, die sie bereits gefüllt hatte.

Berenice schlang ihre Arme fester um Clarissa, die ihr das Gesicht streichelte und ihr Zärtlichkeiten auf Französisch zumurmelte, und trug sie aus dem Zimmer. Elise würde aufräumen. Die zuverlässige, unbezahlbare Elise!

Als sie ankamen, war das Bad vorbereitet. Auf einem Rollwagen lagen frische, blütenweiße Badetücher und zwei Stück Duftseife. Ein Glas Heilsalbe stand schon aufgeschraubt da sowie ein Teller, auf dem gekühlte Mandarinenscheiben angerichtet waren. Neben dem Teller standen eine Kristallkaraffe und zwei Kristallgläser. Die Wanne – groß, rund und tief genug, um darin stehen zu können – war bis zum Rand gefüllt und dampfte. Auf der Wasseroberfläche schwamm eine einzelne Gardenie.

Berenice ließ Clarissa wieder aus ihren Armen gleiten, schnürte ihr das Korsett auf, zog es aus und half ihr, in die Wanne zu steigen. Die Kleine zuckte zusammen, als ihr Hintern in das heiße Wasser eintauchte, doch dann erhellte ein Ausdruck glücklichen Stolzes ihr Gesicht.

„Sie haben Ihr Zeichen auf mir hinterlassen!“, rief sie freudig aus. „Ich werde morgen nicht sitzen können im Zug.“

„Wahrscheinlich nicht“, sagte Berenice mit Reue in der Stimme und hängte ihr Gewand an einen Bronzehaken, „aber ich konnte diesen prallen, kleinen Pfirsichhälften einfach nicht widerstehen. – Jetzt lass uns ein wenig entspannen und uns erfrischen.“

Sie stieg zu Clarissa in die Wanne, in der es zwei Marmorsockel gab, auf denen man sitzen konnte, während die Schultern von dem wunderbar heißen Wasser bedeckt blieben. Die Wärme genießend, schoben sie sich gegenseitig Mandarinenstückchen in den Mund und tranken winzige Schlucke von dem kalten Wasser. Clarissa erholte sich schnell und stieg als Erste aus der Wanne. Sie rieb sich trocken und hielt ein flauschiges Badetuch für Berenice auf. Behutsam trocknete sie auch ihre Herrin ab und wagte es, ihr einen Kuss auf die Schultern und zwischen die Brüste zu geben. Sie schmiegte sich an die Ältere, umarmte sie fest und flüsterte: „Lassen Sie mich heute Nacht mit in Ihr Bett?“

Berenice ließ sich diese Frage durch den Kopf gehen. Sie spürte eine ganz bestimmte Trägheit, diese zynische Melancholie, die sie stets überkam, wenn sie erschöpft war. Dann aber dachte sie an Clarissas Begeisterung, ihr junges Gesicht, ihre Hoffnung und Liebe, und sie konnte den Gedanken nicht ertragen, sie zu enttäuschen. Vielleicht könnten ihr dieser maraschinokirschrote Mund und diese taubengleichen Hände ein wenig Vergnügen verschaffen und sie wieder ins Gleichgewicht bringen.

Aber so durften sie es nicht angehen: wie ein einfältiges Schäferinnenpärchen, das Hand in Hand im nächstgelegenen Weidenhain verschwand. Sie packte Clarissa an den Haaren und zog sie so nah zu sich heran, dass ihre Zehenspitzen kaum noch den flauschigen, weißen Teppich berührten.

„O ja", sagte sie drohend. „Ich werde dich mit in mein Bett nehmen heut Nacht, aber schlafen wirst du nicht. Nicht eine Sekunde!" Ohne ihr Gewand (aber nicht ohne die Heilsalbe) schleifte sie Clarissa aus dem Badezimmer, stieß sie zur Treppe und höhnte: „Dann wollen wir mal sehen, was deine Dankbarkeit wert ist."

Sie kamen nur bis zum Treppenabsatz, wo Clarissa sich auf die Knie fallen ließ und ihr Gesicht zwischen Berenices Schenkeln vergrub. Vom Fuße der Treppe aus erhaschte Elise (die zum Aufräumen auf dem Weg ins Erziehungszimmer war) einen Blick auf diese wunderschöne Pose. Sie lächelte wehmütig, schüttelte dann ihren Staubwedel aus und ging weiter, um sich ihren häuslichen Pflichten zu widmen.

Berenice hielt ihr Wort nicht wirklich. Eine Stunde vor dem Morgengrauen schlief sie ein. Clarissa sah zu, wie das erste Licht des Tages den Raum überzog, und dachte über diesen kleinen Verrat ihrer Geliebten nach. Ihre Augen fühlten sich an, als wären sie voller feiner Sandkörner. Winzige Falten im Laken quälten sie, und sie fürchtete, ihr Hintern würde noch mehr wehtun, wenn sie sich allzu sehr darauf konzentrierte.

Es war merkwürdig, wie wenig es brauchte, Berenices Lust zu befriedigen, nachdem sie eine Züchtigung beendet hatte. Anders als Berenice durfte Clarissa nicht sagen: ‚Denken Sie daran, Sie werden sechs Monate ohne mich sein. Natürlich brauchen auch Sie ein bisschen mehr von mir, damit es für sechs Monate reicht.' Ihr Körper war mit zwei Dutzend Striemen bedeckt, von denen einige sogar geblutet hatten, aber sie hatte es nicht mal gewagt, einen Liebesbiss auf der Schulter ihrer Geliebten zu hinterlassen.

Clarissa schaffte es einfach nicht, ihre Verärgerung darüber hinunterzuschlucken. Die saß jetzt wie ein harter Klumpen in ihrem Hals. Sie hatte versucht, die Zärtlichkeiten zu verlängern, hatte mit Lippen und Händen nach Berenices Brüsten getastet, doch die hatte sie nach unten, zwischen ihre Schenkel, gestoßen. Sie hatte sie zum ausschließlichen Dienst an ihrem Geschlecht degradiert und ihr ihre Brüste vorenthalten. Doch selbst dann noch hatte Clarissa es versucht, hatte sie geneckt, ein bisschen mit ihr gespielt und das bestimmte Zungenflattern hinausgezögert, das ihre Mistress zum Orgasmus bringen würde. Aber Berenice war böse mit ihr geworden und hatte gedroht, es sich selbst zu machen, wenn sie ihr nicht sofort Befriedigung verschaffte.

Und jetzt blieb Clarissa nichts als zu seufzen, das Laken zwischen ihren Händen zu drehen und zu versuchen, den schrecklichen Gedanken zu vertreiben, von zu Hause weggehen zu müssen. Sie konnte nicht einmal mehr eine Spur von Berenices Moschusgeschmack an ihren Fingerspitzen oder unter ihrer Zunge entdecken.

„Sei still", befahl Berenice. Ihre Stimme war überraschend klar für jemanden, der eben erst aufgewacht war. Clarissa erstarrte und war über sich selbst erschrocken. Berenice zog sie zu sich und legte einen Arm um ihre Schulter. Mit der anderen Hand griff sie nach Clarissas Handgelenken und hielt sie ruhig. Nicht lange darauf waren sie beide eingeschlafen.

Für Clarissas Gefühl währte dieser tiefe Frieden jedoch nur einen kurzen Moment, dann griff schon Elise unter die Decke, hob sie hoch und zog sie fort von Berenices Seite.

„Ich muss dafür sorgen, dass du angezogen und reisefertig bist", erklärte Elise flüsternd und ließ sie auf den Boden nieder, um die Tür schließen zu können.

„Aber Elise ..."

„Psst. Die Mistress wird dich nicht zum Zug begleiten. So hat sie es entschieden. Ich soll aufpassen, dass du all deine Sachen hast und gut wegkommst. Nachher wird dich Tante Jennifer abholen und zum Bahnhof fahren. Deine Cousine wird mit dir zusammen auf die Schule gehen."

Clarissa nickte nur, sprachlos vor Schreck, und Elise seufzte mitfühlend.

„Ich mach dir Erdbeerwaffeln", sagte sie. „Ich hab auch Schlagsahne da. Du darfst heute sogar einen Kaffee trinken, weil du so eine lange Nacht hinter dir hast." Sie nahm Clarissa an die Hand, um mit ihr in die Küche hinunterzugehen. „Willst du dich erst waschen und anziehen? Deine Taschen hab ich schon gepackt."

„Kann ich nicht noch ein Weilchen so bleiben? Ich könnte mir Gesicht und Hände doch schnell am Spülbecken waschen."

„Na ja, es ist ein schöner, warmer Tag. Also ich denke, das geht schon in Ordnung. Dann mal los. So oft haben wir beide die Morgenstunden nicht für uns allein."

Clarissas Gesicht erhellte sich. „Ach, Elise", sagte sie und warf die Arme um den Hals des Dienstmädchens, „du bist so lieb zu mir."

Sie umarmten sich innig. Dann zog Elise sie die Treppen hinunter und in die sonnige Küche hinein. Knoblauch und Peperoni hingen an Schnüren von den Balken. Es gab einen großen gusseisernen Holzofen, ein riesiges weißes Spülbecken mit Messinghähnen, Regale, in denen Rührschüsseln aus

Glas standen (jede in einer anderen Farbe), und Wandregale für Kräuter, Messbecher und Messer – all diese magischen Dinge der Küchenkunst.

„Sie hat dich ziemlich hart angefasst", sagte Elise mit Neid in der Stimme.

„O je", jammerte Clarissa laut. „Ist es zu sehen?"

„Schau mal in den Spiegel am Geschirrschrank. Hier, klettere auf den Stuhl. Siehst du?" Elises Finger folgten der Spur der absolut gleichmäßig aufgetragenen Striemen. Jeder war in der Mitte ein wenig angeschwollen.

„Wie soll ich bloß je wieder sitzen können?", rief Clarissa und freute sich diebisch. Sie warf ihr helles Haar nach vorn über die Schulter, damit sie einen besseren Blick hatte.

„Ich werde dir mein Reisekissen mitgeben. Die Leute werden denken, dass du ein bisschen höher sitzen willst, um aus dem Fenster zu sehen. Als Berenice es mir geschenkt hat, hatte Mama sie überschwänglich für ihre schwesterliche Besorgnis gelobt. Sie wäre in Ohnmacht gefallen, wenn sie mein Kleid hochgehoben und gesehen hätte, worauf ich saß. Es wäre doch schön, wenn das Kissen in der Familie bleibt. Vielleicht kannst du es eines Tages an dein eigenes kleines Mädchen weitergeben."

Von diesen sentimentalen Familiengeschichten gelangweilt, gab Clarissa sich selbst einen Klaps auf den Hintern und zuckte zusammen.

„Sind das nicht schöne Male?", fragte sie, um die Unterhaltung in etwas interessantere Bahnen zurückzuführen.

„Sie sehen genauso tief und gleichmäßig aus wie die, die ich selbst aus ihren Händen empfangen habe", sagte Elise und bediente damit die Eitelkeit des jungen Mädchens. „Ich schwöre es." Mit Bedauern nahm Elise die Hände von dem jungen, zarten Hintern. Ihr eigenes Verlangen, das seit so vielen Wochen unbeachtet geblieben war, regte sich und machte sie kribbelig. „Schau dich in Ruhe an", sagte sie, „bewundere deine Male, so lange du möchtest. Ich muss jetzt den Waffelteig zusammenrühren."

Clarissa blieb nur noch einen Moment lang vornübergebeugt vor dem Spiegel stehen, während sie mit einer Hand ihre Hinterbacken teilte. Dann richtete sie sich auf, schleuderte das Haar aus dem Gesicht und sprang herunter. Nachdem sie den Stuhl an den Tisch zurückgestellt hatte, ging sie zu dem dampfenden Kessel hinüber und goss ihnen beiden einen großen Becher Kaffee ein.

„Erzähl mir eine Geschichte", sagte sie, als sie die großen, blauweißen Tassen zu Elise trug. Sie sammelte die Eierschalen ein und warf sie weg, dann wuchtete sie einen hohen Hocker zum Arbeitstisch. Elise rührte den Teig in einer grünen Glasschüssel. „Ich putze die Erdbeeren, und du erzählst!"

Elise sah bezaubernd aus in ihrer kurzen, schwarzen Uniform mit der weißen Schürze und dem Spitzenhäubchen. Clarissa bewunderte die wie mit dem Lineal gezogenen Strumpfnähte an der Rückseite ihrer Beine, die hohen Stöckelschuhe (die fünf Zentimeter höher als ihre eigenen Ausbildungsschuhe waren) und starrte auf die Ringe in Elises zarten Ohren und auf die feinen Ketten, die von den Ohrläppchen bis zu den Ringen rechts und links in ihrer Nase führten. Sie fragte sich, ob Berenice sie ebenfalls mit Ringen und einer solchen Uniform ausstatten würde, wenn sie erst einmal erwachsen war. Die Uniform sah einfach entzückend aus: Sie war so kurz, dass sie bei jeder Bewegung und jedem Bücken Elises Hintern enthüllte. Und diese schwarzen Seidenhöschen … wie knapp die waren!

Clarissa ahnte nicht, dass sie selbst Berenices Liebling war, obwohl Berenice sie oft zwischen den Beinen liebkoste und Elise so gut wie gar nicht berührte (es sei denn, mit einem Bündel Birkenzweige oder einem unangenehmen, biegsamen Rohrstock). Sie war schrecklich neidisch auf Elises Ringe, die Uniform und auf die raffinierten psychologischen Spiele, die Berenice mit ihr spielte. Außerdem durfte Elise, wenn ein Fest gegeben wurde, die Gäste bedienen. So ein Ereignis erregte Clarissa jedes Mal bis zum Fieberanfall, aber immer wurde sie nach einer kurzen Präsentation ihrer neuesten Gehorsamkeitskünste nach oben ins Bett geschickt. Elise hingegen durfte die kleinen Gruppen elegant gekleideter Damen an der Tür begrüßen, ihnen die Garderobe abnehmen, ihnen Getränke anbieten und Tabletts mit Kanapees herumtragen. Sie durfte die Sklaven in die Zellen im Keller führen, sich huldigend den hohen Stiefeln der Damen widmen, ihnen Knie und Hände küssen und ihnen jeden niedrigen und intimen Dienst erweisen, den sie verlangten. Bei so einem Fest war Elise einmal sogar von ihren üblichen Pflichten entbunden worden, um ausschließlich als Aschenbecher zu dienen.

Clarissa hatte eine Entscheidung getroffen: Sie wollte an dieser schrecklichen Schule, auf die sie geschickt wurde, ihr Bestes geben, damit sie Berenices Liebling wurde.

„Wovon soll denn die Geschichte handeln?“, fragte Elise in fröhlichem Tonfall. Ihre Wangen leuchteten flammendrot. Sie war etwas außer Atem, aber nicht, weil sie zu eng geschnürt wäre oder den Teig zu heftig rührte. Dieses Kind hatte einfach einen so direkten, durchdringenden Blick! Wie konnte Clarissa ihren Rocksaum und die Kettchen, die über ihre Wangen strichen, so reglos und ruhig betrachten? Das brachte sie völlig aus der Fassung. Und wirklich – dieses Kribbeln wurde immer intensiver. Sie versuchte, das Bild, das sich ihr aufdrängte, zu unterdrücken, das Bild, wie Clarissa ihr von hinten langsam den kurzen, schwarzen Rock hochschob und diese verflucht knappen Seidenhöschen hinunterzog, sie mit fester Hand über den Küchentisch beugte und ihr eine heftige Tracht Prügel gab. Danach würde sich Clarissa einen langen Holzlöffel greifen und … o Gott, sie hatte einfach zu lange warten müssen! Würde Berenice jemals Mitleid mit ihr haben, vielleicht sogar heute?

„Erzähl mir von dir und *Mutter.* Wie sie dich zur Sklavin gemacht hat und wie du sie erst verloren und dann wiedergefunden hast. Wie du ihr dein ganzes Vermögen zu Füßen gelegt hast, um eine Dienstmädchenuniform tragen zu können. Wie sie mich zur Welt gebracht hat und wie ihr beide beschlossen habt, mich großzuziehen, aber ohne die Fehler zu wiederholen, die damals bei deiner Erziehung passiert sind und …"

„O je, das ist eine ziemlich lange Geschichte!" Elise lachte. „Dafür wird die Zeit nicht ausreichen, bis dein Zug fährt."

„Ich werde mindestens zwei Waffeln essen, und wir haben genug Zeit, wenn du jetzt gleich anfängst, während der Teig bäckt. Ich will eine Geschichte hören, bitte, ich war so brav letzte Nacht, und wer weiß, vielleicht erzählen sie uns keine Geschichten an diesem düsteren Ort, zu dem ihr mich schickt."

„Du weißt ganz genau, dass *Hohentürmen* eine ausgezeichnete Einrichtung ist, das allerbeste Mädchenpensionat, das wir für dich finden konnten. Es ist ausgeschlossen, dass du dort leiden wirst und …"

„Elise", jammerte Clarissa, „bitte, biiiiiitte!"

„Na gut, aber nur, wenn du versprichst, mich nicht zu unterbrechen."

„Einverstanden!", sagte sie und schwang das silberne Schälmesser begeistert durch die Luft, produzierte im Nu ein Häufchen grüner Blätterkränze und warf Erdbeere um Erdbeere in das Sieb. „Fang an! Erzähl! Erzähl!"

„Ich bin gerade dabei, den Teig auszugießen, bring mich jetzt nicht durcheinander."

Elise hielt die Schüssel über das heiße Waffeleisen und ließ den Teig über die schwarzen Zähne fließen, klappte dann den Deckel zu und drehte die Sanduhr herum. Die Uhr war eine kleine Skulptur und stellte zwei Frauen dar, eine aufrecht, eine umgedreht, die mit ihrem Haar aneinandergefesselt waren. Der Sand rann durch eine Kristallsäule, an die sie ebenfalls mit ihren langen, fließenden Locken gefesselt waren.

„Deine Großmutter – also meine Mutter – war Opernsängerin“, fing sie an. „Wir sind damals ständig gereist und wussten nie, was uns an der nächsten Station erwartete. Manchmal war Mama ein großer Erfolg, ihr Auftritt in aller Munde, und sie wurde zur umschwärmtesten Frau der Stadt. In diesen Zeiten waren wir gern gesehene Gäste. Wir schliefen in teuren Hotels, und das Leben war wie ein verrückter Taumel, eine nicht enden wollende Folge von Festen. Geheimnisvolle Boten überbrachten Briefe, Blumen, Parfums und noch viel exotischere Geschenke. Wir empfingen einen anhaltenden Strom von Besuchern: Millionäre, Damen aus der höheren Gesellschaft, Opiumraucher und hübsche, junge Männer, die mit kaum verhüllter Sehnsucht Mamas Schminktöpfchen und ihre Kostüme betrachteten. Immer gab es Intrigen, Musik, Naschwerk, Wein und neue Sehenswürdigkeiten, die man sich anschauen musste. Immer war da eine erblühende Leidenschaft oder ein Komplott, um die Hoffnungen eines tüchtigen gesellschaftlichen Aufsteigers zu zerschlagen. Ich kann mich nicht daran erinnern, während einer dieser Phasen, wo Mama ein Star war, geschlafen zu haben. Ich kann mich nicht einmal daran erinnern, mich hingelegt zu haben.“

„Aber es war nicht immer so, nicht wahr?“, soufflierte Clarissa.

„Nein“, sagte Elise und schüttelte den Kopf. „Manchmal war Mamas Stimme in schlechter Verfassung. Dann übernachteten wir in billigen, dreckigen Hotels oder uneingeladen bei alten Freunden. Wir sparten, wo wir konnten, und überlegten, woher wir wenigstens ein schönes Teil zum Anziehen für jede herbekamen, um dann Klinken putzen zu gehen bei Leuten, die Mama früher unterstützt hatten, bei Komponisten oder befreundeten Sängern. Wir haben gefroren und waren hungrig. Berenice bemühte sich, Mama bei Laune zu halten, damit sie nicht anfing zu trinken und ihre Stimme ganz und gar verlor, was all unsere Hoffnungen zerstört hätte.

Es war ein aufregendes, wildes Leben. Ich konnte diese Hochs und Tiefs aber nur genießen, weil es ein Auge im Sturm gab: meine ältere Schwester, Berenice. Sie war es, die meinen Koffer packte, meinen vermissten Handschuh fand, mir irgendwoher etwas zu essen besorgte, wenn wir sehr spät anreisten und die Hotelküche schon geschlossen hatte. Sie war es, die mich pflegte, wenn ich krank war, mir das Alphabet und das Sticken beibrachte und mein Schneckchen streichelte, wenn ich nicht einschlafen konnte. Mama hatte oft davon geredet, eine Gouvernante einzustellen, aber wir lebten zu unbeständig, um solche Ideen in die Praxis umsetzen zu können. Hin und wieder bekamen wir Unterricht von verschiedenen Lehrern, die alle von Berenice ausgesucht und wieder gefeuert wurden.

Am Anfang verpetzte mich Berenice bei Mama, wenn ich unartig war, und Mama bestrafte mich dann. Selbst als Kind bekam ich mit, dass Berenice mir manchmal eine Falle stellte und mir etwas in die Schuhe schob, was ich nie getan hatte. Irgendwie schaffte sie es immer, mit dabei zu sein, wenn ich bestraft wurde. Ich konnte nicht begreifen, warum die Schwester, die ich liebte und der ich vertraute, an so einer Ungerechtigkeit Vergnügen fand. Außerdem war es völlig unvorhersehbar, wie Mama reagieren würde, wenn sie hörte, dass ich mich daneben benommen hatte, und das vergrößerte nur meine Unsicherheit. War ein Verehrer im Raum, konnte es sein, dass sie mich so schnell wie möglich loswerden wollte. Dann schimpfte sie nur ein bisschen, gab mir einen nachsichtigen Kuss, verzieh mir und schickte mich zu Berenice, die wütend war und mich einige Tage lang mit eisiger Kälte behandelte. Hatte Mama aber gerade eine sarkastische Rezension gelesen oder einen Geliebten an eine Rivalin verloren, konnte es sein, dass sie mit dem Fächer oder dem Pantoffel auf mich losging und mich am Boden zerstört zurückließ.

Eines Tages ging ich zu Berenice und flehte sie an, die falschen Anschuldigungen sein zu lassen und mir diese schlimmen Bestrafungen für kleinste Vergehen und die Begnadigungen von nicht begangenen Verstößen zu ersparen. Ich gestand ihr, dass ich auf ihre Liebe und Gerechtigkeit angewiesen war, um ein erträgliches Leben führen zu können, und dass ich ohne sie zugrunde gehen würde. Dann brach ich in Tränen aus. Berenice hörte mir lange beim Weinen zu, bevor sie mir auf die Füße half, meine Tränen trocknete und sagte, dass sie mir eine Entscheidung mitzuteilen habe. Ich stammelte, dass ich mit allem einverstanden sei, aber sie verbot mir, meine Einwilligung zu geben, bevor ich alles angehört hätte. Während sie in einem großen, dick gepolsterten Fauteuil Platz nahm, sollte ich mich auf das Kissen zu ihren Füßen setzen. Dann offenbarte sie mir ihre Bedingungen. Während ich andächtig zuhörte, betrachtete ich ihre hohen, schwarzen Stiefel, die sie trug, ganz gleich welche Mode gerade aktuell war."

Elise öffnete das Waffeleisen, holte das knusprige, braune Quadrat heraus und ließ es auf den Teller rutschen, den Clarissa ihr hinhielt. Das gierige Mädchen leckte sich die Lippen.

„Jetzt iss erst mal", sagte Elise. „Ich werde auch gleich eine essen, und dann mach ich dir noch eine. Schlagsahne ist im Eisschrank."

„Erzähl weiter!", beharrte Clarissa mit vollem Mund.

„Gut. Nun ja … Berenice sagte mir, dass es nichts gab, was ihr mehr Freude bereitete, als für mich zu sorgen, sich um meine Bildung zu kümmern und Maßstäbe für mein Verhalten zu setzen. Sie gab zu, dass sie es nicht lassen konnte, Mama auszutricksen, damit die mich bestrafte. Es bereitete ihr einfach zu viel Vergnügen, mich winden und strampeln zu sehen, wenn ich ins Gesicht oder mit der Haarbürste auf den Hintern geschlagen wurde. Sie sagte, dass es ihr Gewissen schon irgendwie belastete, aber nicht allzu sehr, weil ich schließlich so oft ungeschoren davongekommen war, wenn ich mich wie ein echter Teufel aufgeführt hatte.

Berenice fragte mich, ob ich mich erinnerte, wie nett sie nach jeder Bestrafung immer zu mir gewesen sei, und ob ich bemerkt hätte, wie schnell sie dann jedes Mal, sobald wir allein waren, meinen Körper in Besitz genommen hätte. Ich antwortete, dass diese leidenschaftlichen Momente mich wohl überrascht und mir geschmeichelt hätten, dass ich aber nicht bemerkt hätte, dass mein Leiden der Auslöser für ihre Erregung war. Sie erwiderte, dass sie die Ungerechtigkeit bedauere, und bat um Verzeihung. Ich vergab ihr großzügig und fügte hinzu, dass ich nichts dagegen hätte, bestraft zu werden, wenn ich tatsächlich etwas falsch gemacht hatte, und dass mir außerdem mein Gewissen gar keine Ruhe lassen würde, solange ich nicht für ein Vergehen richtig bestraft worden war. Berenice sagte dann, dass sie damit aufhören würde, sich bei Mama über mich zu beschweren, die fahrig und nur halbherzig bei der Sache war, aber nur, wenn ich einverstanden wäre, mich ihrer Erziehung zu unterwerfen. Sie versprach mir, streng und gerecht zu sein und dabei immer an mein Wohl zu denken. Auf diese Weise, so sagte sie, hoffe sie, uns beide glücklicher zu machen. Sie versprach mir, mich jederzeit aus diesem Vertrag zu entlassen, wenn ich das wollte."

Elise nahm ihre eigene Waffel aus dem Eisen und bestrich sie mit Erdbeeren und Sahne. Zwischen den einzelnen Happen erzählte sie das nächste Kapitel der Geschichte.

„Ich habe sofort zugestimmt, obwohl die Idee ungewöhnlich war. Ich verehrte meine Mutter – wir beide taten das –, aber sie behandelte uns eher wie ein dauerhaftes Publikum denn als Familie. Die Verantwortung für meine Erziehung hatte schon immer in Berenices Händen gelegen. Also schien es nur gerecht, dass sie nun auch die Macht und Autorität dazu bekommen sollte. Und so küsste Berenice mir die Stirn, gab mir ein Bonbon und setzte mich mit meinem Nähkörbchen und einem Handschuh, der ausgebessert werden musste, auf das Sofa. Nachdem sie das Zimmer verlassen hatte, fing ich an, vor mich hinzuträumen. Ich war erschöpft vom Weinen, und ohne es zu wollen, war ich bald fest eingeschlafen. Ich erwachte erst, als Berenice mich aufforderte, mich fürs Abendessen umzuziehen. Als sie sah, dass ich meine Näharbeit nicht beendet hatte, wurde sie nicht wütend, sondern sagte ruhig, dass ich wohl eine Demonstration unserer Vertragsbedingungen bräuchte.

Wir gingen mit Mama und einem Eisenbahnmagnaten zum Abendessen ins Restaurant, und er versuchte, ihr die Hauptrolle in einer seichten Operette schmackhaft zu machen, die sein ältester Sohn geschrieben hatte. Am selben Abend band mich Berenice an unserem Bett fest und schlug mich mit der Hand auf den nackten Hintern! Ich fühlte mich schrecklich gedemütigt. Ich war noch nie vorher festgebunden und mit Sicherheit noch nie aufs nackte Fleisch geschlagen worden. Nachdem sie mich losgebunden hatte, bestand sie darauf, dass ich ihr dankte und sie über und über mit Küssen bedeckte. Anstatt ihr das zu verweigern oder es nur halbherzig zu tun, sah ich mir dabei zu, wie ich in Tränen ausbrach und mich selbst liebkoste, während ich vor ihr kniete, wie ein Baby an ihr nuckelte und sie anflehte, mich ganz und gar zu unterwerfen. ‚Genau das habe ich vor', sagte sie zu mir. ‚Ich weiß zwar noch nicht genau, wie es gehen soll, aber ich werde es lernen. Ich werde von dir lernen, wie ich dich beherrschen kann, und werde dich dazu bringen, mich zu lieben. Wir werden uns nie trennen, liebste Schwester. Du wirst immer mir gehören.'"

Elise hielt inne, um Teig für eine neue Waffel in das Eisen zu gießen und ihnen beiden heißen Kaffee nachzufüllen. Clarissa zappelte ungeduldig auf ihrem Stuhl herum, bis Elise sich wieder an den Tisch setzte, um mit der Erzählung fortzufahren.

„Beeil dich“, sagte Clarissa drängend. „Ich will nicht, dass Tante Jennifer kommt und die ganze Geschichte verdirbt.“

Elise lächelte. „Ich versuche, bis zum Ende zu kommen. Aber ich hab dir gesagt, dass es eine lange Geschichte ist. Nun, wir werden sehen. Wo war ich stehen geblieben? Ach ja. In den folgenden Tagen versuchte ich, alles richtig zu machen. Aber wenn Berenice in der Stimmung war, mich weinen und strampeln zu sehen, fand sie immer einen Fehler, der nach einer Bestrafung verlangte. Allmählich fingen wir an, das Disziplinspiel um seiner selbst willen zu spielen. Ich verliebte mich mehr und mehr in Berenice und ertrug die raffiniertesten und grausamsten Qualen, nur weil ich dann mit ihrem Kuss und ihrem Lächeln belohnt wurde. Mama war sehr erfreut über unsere Veränderung. Wir belästigten sie nicht mehr mit unseren belanglosen Streitigkeiten, und jeder sah, dass wir uns sehr gern hatten.

Die Idylle hielt an, bis ich achtzehn wurde. Eines Abends kam Mama zeitiger vom Theater nach Hause und erwischte Berenice dabei, wie sie mich mit einer Handvoll langstieliger Rosen auspeitschte. Das allein hätte ja noch als bizarre, aber gut gemeinte körperliche Züchtigung durchgehen können, und Berenice wäre vielleicht mit der Ermahnung, in Zukunft weniger streng zu sein, davongekommen, aber sie hatte außerdem noch eine geschälte Kaki in mich hineingeschoben, bevor sie mit dem Auspeitschen begonnen hatte, und ich war so verängstigt, als ich Mama sah, dass sie herausfiel, über den Boden rollte und genau vor ihren Füßen liegen blieb.

Unsere Mama, die ohne Mitleid zu empfinden an den elendsten Bettlern auf der Straße vorbeigehen konnte, fühlte sich vom Anblick unseres Liebesspiels angewidert und wurde fuchsteufelswild. Weil ich ganz augenscheinlich das Opfer war – gefesselt und aus den Wunden blutend, die die Dornen gerissen hatten –, gab sie mir keine Schuld, sondern stürzte sich stattdessen auf Berenice und versuchte, ihr die Augen auszukratzen. Sie ignorierte mein Betteln um Gnade und hörte nicht auf meine Rufe, dass alles meine Schuld sei, dass ich es erklären könne, nur solle sie bitte aufhören! Berenice ergriff schließlich Mamas Handgelenke und hielt die Weinende und Fluchende auf Armeslänge entfernt.

Mama schwor, sie zu enterben und mit nichts als den Sachen, die sie am Leibe trug, hinauszuwerfen. Zum Glück war es fast Morgen, und ein paar ihrer Freunde, die die ganze Nacht trinkend und singend in den Cafés verbracht hatten, platzten herein und bestanden darauf, dass wir mit ihnen frühstückten. Für Mama, die sich plötzlich inmitten ihrer betrunkenen, Zoten reißenden Freunde wiederfand, war es schwierig, in diesem Moment ihre Drohung in die Tat umzusetzen. Berenice stand im Korridor unserer Suite, blass und still. Ich rannte in unser Zimmer, durchwühlte meinen Schmuck und Mamas Geldbörse, fand einen schweren Umhang für Berenice, stopfte Unterwäsche, ein Nachthemd und ein Kleid in eine kleine Tasche und brachte all diese Geschenke zu ihr. Als Mama sah, wie ich die Tasche vor Berenices Füße stellte und ihr den Umhang um die Schultern legte, verdunkelte sich ihr Gesicht, aber sie war zu beschäftigt, um etwas dagegen zu tun. Sie musste gleichzeitig eine fremde Hand von ihrem Mieder abwehren und einer wirklich skandalösen Geschichte über ihre Todfeindin lauschen.

‚Mach dir keine Sorgen um mich', sagte Berenice und küsste meine tränenüberströmten Wangen. ‚Vielleicht hätte das viel eher passieren müssen. Wir sind so weit gegangen, wie es unter ihrem Dach möglich war. Ich kenne jemanden in Paris, der mir dabei helfen kann, auf eigene Füße zu kommen. Für eine Frau, die weiß, wie man mit einer Peitsche umgeht, sollte es nicht schwer sein, sich ihren Lebensunterhalt zu verdienen. Also komm zu mir, sobald du kannst, meine Liebste. Ich werde dort auf dich warten.' – Und so wurden wir getrennt."

„Das ist so traurig“, sagte Clarissa und holte einmal tief Luft. „Ist meine Waffel noch nicht fertig?“

„Oh, sie ist bestimmt fertig. Gib mir deinen Teller. Du musst dich mit dem Essen beeilen.“

„Ja, ja. Erzähl mir, wie traurig es war!“

„Ich hab gedacht, ich würde sterben. Meine ganze Welt war kaputt. Doch obwohl ich so unglücklich war, blieb ich bei Mama. Ich habe mich oft dafür gezüchtigt, dass ich nicht Berenices Feuer und ihren Drang nach Unabhängigkeit hatte. Aber ich hatte so eine Vorahnung, dass meine Rolle notwendig und wichtig war und dass ich meine längst verloren geglaubte Geliebte zurückgewinnen würde – alles zu seiner Zeit. Weil es nichts zu tun gab, bediente ich Mama geduldig von vorne bis hinten. Meine Hingabe wurde jedoch mit nichts belohnt, was sich mit Berenices leidenschaftlicher und umfassender Fürsorge messen konnte. Manchmal, wenn es einfach unerträglich war, peitschte ich mich selbst vor dem Spiegel aus.

In diesen unglücklichen Jahren lernte ich, die Männer, die Mama hinterherliefen, zu hassen. Allesamt unzuverlässige Typen, die sich von ihrer dynamischen Persönlichkeit angezogen fühlten, aber immer versuchten, ihr Feuer zu löschen. Wenn sie traurig war oder keine Arbeit hatte, hielt keiner von denen zu ihr. Ich fing an, das Management für Mamas Engagements und ihre Honorare zu übernehmen, und legte so viel wie möglich davon an. Ich wurde richtig kleinlich und langweilig, war besessen von Zinssätzen, Immobilien und Wertpapieren. Ich hatte inzwischen den Ruf, ein unbeugsamer Drache zu sein, wenn es um die Aushandlung von Verträgen für Mama und ihre Auftritte ging.

Von allen Städten war es gerade Paris, wo Mama ihren größten Triumph feierte. Sie sang ihre Lieblingsrolle, die Flavia in *Der Paradiesvogel* – eine junge Frau, die Tropenvögel am Hafen von Florenz verkauft, vom Thronfolger des Dogen geschwängert wird und sich am Tage seiner Verlobung umbringt, damit sie nicht in Versuchung gerät, seine Hochzeit zu stören, wobei sie keine Ahnung hat, dass es nicht ihr Geliebter war, dem sie die Neuigkeit ihrer Schwangerschaft anvertraut hat, sondern sein tot geglaubter, böser Zwillingsbruder, der in die Stadt zurückgekehrt war und anfing, all ihre Vögel darauf abzurichten, dem Prinzen die Augen auszuhacken, wenn sie zu seiner Krönung in einer leuchtenden Schar freigelassen würden – was Flavias letzter Wunsch war.

Mama sang wie nie zuvor. Aber auf dem Rückweg ins Hotel fing sie sich eine Grippe ein, als sie von zwei Grafen – einem Franzosen und einem Italiener – in der offenen Kutsche geliebt wurde. Beide waren gekränkt, als das Fieber Mama ins Delirium trieb, noch bevor sie ihnen sagen konnte, welches Land den ersten Preis in Sachen Liebeskunst errungen hatte. Sie starb noch in derselben Woche und ließ mich mit ihrem gesamten Vermögen zurück.

Kannst du dir vorstellen, dass ich – obwohl ich so viel Geld zur Verfügung hatte – einen ganzen Monat gebraucht habe, bis ich Berenice gefunden hatte? Ein Monat voll entsetzlichster Sorgen und krank machender Ängste. Ich war kaum in der Lage, mich angemessen um die Bestattung zu kümmern. Doch schließlich zeigte meine Suche Erfolg. Ich fand meine Schwester, deine Mutter, in der trostlosesten Gegend der Stadt. Sie war krank, trug dich, meine Kleine, unter dem Herzen und war in größter Not. Sie war ein kleines Licht in der Pariser Unterwelt gewesen, hatte einige der hochangesehensten Hintern des Kontinents gezüchtigt, doch die Polizei und ihre Feinde hatten sich verbündet, um sie zu verraten und zu vernichten. Sie hatte einfach nicht diesen boshaften Charakter, den man brauchte, um in so einer schäbigen Welt zu überleben; sie war eben keine Kriminelle. Sie konnte es kaum glauben, dass ich gekommen war, um sie zu holen, und sie umarmte mich so fest, dass ich dachte, sie würde mir die Rippen brechen. Ich habe sie mitgenommen und dieses Zuhause für uns gefunden, einen einfachen Landsitz mit einer hervorragenden Kanalisation, zugehörigen Pachthöfen und einem hohen Wiederverkaufswert, wo wir dir ein Heim schaffen und in unserer Liebe so weit gehen können, wie unsere Fantasie uns trägt. Und hier werden wir für immer und ewig bleiben oder so lange, wie es uns glücklich macht."

Clarissa applaudierte. „Oh, was für eine wunderschöne Geschichte", sagte sie. „Ich mag es, wie deine Augen glänzen, wenn du sie erzählst. Und jetzt erzähl mir von der Zeit, als Mutter dich zu Tante Jennifer gegeben hat und ..."

„Ganz bestimmt nicht! Ab! Marsch in dein Zimmer und zieh deine Reisekleider an. Ich hab die Schuhe und das Kleid schon rausgelegt. Deine Tante wird jede Minute hier sein. Zieh das pfirsichfarbene Satinkorsett an, das vorn geschnürt wird. Beeil dich, ich räum in der Zwischenzeit auf. Und dass du ja alle Reifröcke anziehst, junges Fräulein. Glaub bloß nicht, du kannst mich austricksen und einen im Wäscheschacht verschwinden lassen! Husch!"

Durst

Das *Fegefeuer* war gut besucht in jener Nacht. Etwa sechzig Männer und zwanzig Frauen hatten sich bis ein Uhr morgens in dem kleinen Club eingefunden. Alle Frauen (bis auf eine, die nackt an der Leine herumgeführt wurde) trugen die Haute Couture des Bizarren: Lederröcke, Stöckelschuhe, Lackkorsetts, schenkelhohe Stiefel, mit Nieten besetzte Armbänder und Gürtel sowie Abendhandschuhe aus schwarzem Latex. Eine Handvoll abgerissener Lesben in ärmlicher Bikerkluft stand abseits an der Wand, vor der ein niedriges Podest aufgebaut war, dessen Stufen mit Teppich verkleidet und zum Sitzen gedacht waren. Alle Männer (mit Ausnahme einiger weniger, gut gebauter Lederkerle, die es aus Neugier hierher verschlagen hatte) trugen legere bis saloppe Straßenkleidung. An der Bar entlang, unter Halogenspots, standen würdevoll und unerreichbar die Herrinnen. Jede von ihnen sendete ein Unheil verkündendes Signal aus: spielte mit einer Peitsche, die sie um die Taille trug, oder ließ die Reitgerte in der behandschuhten Hand leicht im Takt der Musik mitwippen.

Nur Teddy, der Barkeeper, sprach mit den wenigen, teuer ausstaffierten Touristenpärchen, die eng aneinandergepresst durch den Raum wandelten, ein erstarrtes, übertriebenes Lächeln auf den Lippen. Die Art aber, wie sie sich aneinander klammerten, verriet sie.

Einzelne Sklaven streunten um die Tanzfläche und um die beiden großen Bondage-Rahmen in der Ecke, schlichen die Stufen zu den Toiletten hinauf und wieder herab, durchstreiften den hinteren Bereich des Clubs und den Gang, der in einem Dutzend winziger Sperrholzkabinen endete, kamen zurück zur Tanzfläche und an die Bar, zu den hell erleuchteten Herrinnen – und dort standen sie dann, endlose Minuten, unterwürfig, wehmütig, mit gesenktem Kopf, so lange, bis ihre Hoffnung wieder versiegte und sie sich entfernten, um eine weitere rastlose Runde durch die Räume zu drehen. Hin und wieder richtete eine Domina ihren Blick auf einen bestimmten Mann, rief ihn zu sich und befahl ihm, niederzuknien, ihr einen Drink zu holen, ihr Feuer zu geben, beleidigende Fragen zu beantworten und erneut vor ihr zu knien.

Ein junger Mann, der etwas mutiger als die anderen war, vielleicht weil er besser aussah als die älteren, schlaffbäuchigen Sklaven, näherte sich einer dunkelhaarigen, würdevollen Herrin und bat um Erlaubnis, ihre Füße massieren zu dürfen. Sie willigte ein, und so wechselten beide hinüber zum Stufenpodest, wo er sich auf den Boden kniete, ihr zärtlich einen der Stöckelschuhe abstreifte und ihn küsste. Er wiegte ihren nylonbestrumpften Fuß in seinem Schoß und strich mit den Daumen über ihre Fußsohle. Die Lederlesben hatten Platz für sie gemacht, und eine von ihnen beugte sich herüber und bot der Domina einen Joint an. Die schüttelte den Kopf, nahm aber den Joint. Sie hielt ihn dem unterwürfigen Mann hin und erlaubte ihm einen Zug.

„Danke, Herrin“, sagte er lächelnd, und dann fragte er sich, warum seine Rolle ihn so stark erregte. Ob sie ihm wohl erlauben würde, ihr die Strümpfe abzustreifen, ihr die Füße zu küssen, sie sogar zu lecken? Sie zog den Joint wieder weg und legte ihn auf der oberen Stufe ab, dann setzte sie den anderen Fuß mitsamt Schuh auf seinen Schritt.

„Gefallen dir meine Schuhe?“, fragte sie. Ihm schwanden fast die Sinne, als ihr Absatz sich zwischen seine Eier drängte und ihre Schuhsohle seinen hart werdenden Schwanz zu walken begann. Was für eine Glücksnacht!

Vom hinteren Teil der Bar aus verfolgte jemand diesen spontanen Akt, und der Neid nagte an seinem Herz. Er gehörte zu einer Schar devoter Männer, die sich um eine ausgesprochen schöne, junge Diva drängten, die sich Göttin Domina nennen ließ. Für einen Moment aber hörte er auf, um ihre Aufmerksamkeit zu kämpfen, und beobachtete, wie die Herrin auf dem Podest ihren Absatz in den Schritt des Jungen trieb, der sich ihr ergab, Qual lag auf seinem ganzen Gesicht. Sie war älter als Göttin Domina und weniger hübsch, doch sie strahlte Gelassenheit und Selbstsicherheit aus. Sie handhabte den jungen Mann mit äußerstem Feingefühl, verstand es, ihn sich leichthändig zu Diensten zu machen. Göttin Domina hingegen war schon betrunken, eine sträfliche Vergeudung des kleinen Vermögens an Kokain, das sie vor dem Aufbruch ins *Fegefeuer* geschnupft hatte. Wie viel es gewesen war, wusste ihr neidischer Sklave nur allzu gut. Es war der Preis dafür gewesen, dass sie ihn in den Club mitnahm. Warum musste er immer zahlen? Er sagte sich, dass Göttin Domina die attraktivste Frau im Club war. Die anderen Sklaven waren bestimmt eifersüchtig auf ihn, weil er dieser hinreißenden Diva gehörte. Warum also wollte er lieber dem Fußsklaven und seiner neuen Herrin weiter zuschauen, anstatt sich um Göttin Dominas ermüdende Mätzchen zu kümmern und so zu tun, als wäre es ein Privileg, ihr die Zigaretten anzuzünden?

Seine Göttin rollte eine kurze Bullenpeitsche aus, kaum anderthalb Meter lang, und befahl einem ihrer Sklaven, ein Stück von ihr wegzukriechen. Er krabbelte davon, und als sie ihn zu schlagen versuchte, erreichte sie nur, dass sich das Ende der Peitsche in den Zapfhähnen hinter der Theke verhedderte. Bevor noch etwas zu Bruch ging, nahm Teddy sie ihr aus der Hand.

„Göttin Domina", sagte er scharf, „Ihr wisst genau, dass hier keine Bullenpeitschen erlaubt sind! Der Club ist einfach zu klein dafür." Die Art, in der er den Tadel erteilte, sollte ihr die Möglichkeit geben, das Gesicht zu wahren.

Schließlich hatte er ihr nicht gesagt, was er wirklich dachte, nämlich, dass sie eine unfähige Alkoholikerin war, der es nicht erlaubt sein sollte, wen auch immer mit etwas anderem als einem Staubwedel zu schlagen. Trotzdem blitzte sie ihn böse an, dieses undankbare, verwöhnte Ding. Was soll's, dachte er, dann ist sie eben beleidigt!

„Los, lass uns in den *Schacht* abhauen", drängte einer der Ledertypen seinen Freund und klatschte dabei die Handschuhe in den Handteller. Er trug eine glänzende, maßgefertigte Lederjacke und Chaps, die so neu waren, dass sie knarzten. Seine Kopfbedeckung stellte den amerikanischen Versuch dar, ein Muir-Ledercap zu kopieren. Es war mit einer billigen Kette und einem schlecht gearbeiteten amerikanischen Adler versehen. Seine Schlüssel trug er links, und sie klirrten, als er das Gewicht von einem Bein aufs andere verlagerte.

„Hmm, gleich", sagte der andere abwesend. Er trug keine Mütze – was ihm stand –, und sein Haar war kurz geschnitten, damit die kleine kahle Stelle wie eine Mönchstonsur wirkte. Die Schlüssel trug er rechts, wo sie über die Zeit einen Abdruck in den Chaps hinterlassen hatten, eine Vertiefung, in der die Schlüssel nun wie in einer Mulde lagen und ruhig gehalten wurden. Seine Ledermontur war nicht so ausgefallen und glänzend wie die seines Begleiters. Das vom vielen

Tragen weich gewordene Ledergeschirr schmiegte sich um seinen stämmigen Körper. „Wer kommt denn da!", rief er, als er den Kopf hob und zur Tür starrte. „Oha, jetzt wird's lustig, Howard!"

Howard verstand nicht, was die plötzliche Aufregung sollte. „Hä?" Dort stand nur ein kleiner, dünner Junge in *braunem* Leder und mit einem Muir-Cap, das selbstverständlich schwarz war. Die engen Hosen steckten in kniehohen Stiefeln, und als Zugeständnis an die Sommernacht waren die Ärmel des Lederhemds hochgekrempelt. Das Cap war vorn mit einem silbernen Totenkopf versehen. Die Farbe des Leders sah aus wie getrocknetes Blut. Der Junge hatte kurzes, schwarzes Haar, seine Haut war olivfarben. Auf einem großen Schlüsselring an seiner linken Hüfte waren eine neunschwänzige Katze und zwei Flogger aufgereiht. An der rechten Hüfte hing ein Dolch an seinem Gürtel, und ein zweiter, etwas kleinerer steckte in seinem rechten Stiefel. „Ich wusste gar nicht, dass du auf Küken stehst, Gil."

Gil seufzte. „Das ist Kerry", erklärte er. „Hast du schon mal gesehen, wie sie arbeitet?"

Sie? Das machte die Sache ja noch uninteressanter. Warum hatten sie bloß all die heißen Typen im *Spike* zurückgelassen und waren in diesen komischen Schuppen hier gegangen?

„Wir sollten hierbleiben, Howard."

Diesmal war es Howard, der seufzte. Normalerweise ließ er sich auf keine Diskussion mit Gil ein, sobald der so einen Befehlston benutzte. In scharfem Ton befahl er ihm: „Los, hol mir ein neues Bier, Boy!"

„Ja, Sir", sagte Gil höflich und gehorchte in seinem eigenen Tempo.

Iduna (deren Gehör ungewöhnlich scharf war) hatte diese Unterhaltung zufällig mitbekommen und lächelte in sich hinein. Sie war an ihrem gewohnten Platz am Ende der Bar, wo sie mit Teddy würfeln konnte. Den größten Teil des Abends stand sie, doch für den Fall, dass sie sich setzen wollte, hielt Teddy einen Barhocker für sie bereit. Kein anderer Stammgast saß dort, selbst wenn sie mal eine Nacht nicht im Club war. Touristen, die den Fehler machten, ihren Platz besetzen zu wollen, wurden von Teddy gewarnt, aber nur, wenn er in ihnen das Potenzial sah, zu Mitgliedern der Szene aufzusteigen. Wenn er sie loswerden wollte, ließ er einfach der Natur ihren Lauf. Menschen zu helfen, sich selbst zu sehen, wie andere sie sahen, war Idunas größte Begabung.

An diesem Abend trug sie ein langes schwarzes Kleid mit hauchdünnen Trägern. Es hatte einen sehr tiefen Ausschnitt, doch eine kurze Jacke mit langen Ärmeln vervollständigte das Ensemble, eine Jacke, die alles verhüllte bis auf den weißen Diamanten ihres Dekolletés. Ein funkelnder, roter Stein, der in Form eines Schädels geschliffen war, glitzerte zwischen ihren Brüsten. In der Mitte war das Kleid mit einem Fischbeinkorsett verstärkt, das ihr eine Wespentaille und einen kerzengeraden Rücken verlieh. Es betonte auch ihren üppigen Hintern und ließ ihn einladend hervorschwellen. Ihre autoritäre Haltung aber ließ keinen Zweifel daran, dass man Gefahr lief, die Hand zu verlieren, wenn man sie anfassen würde. Sie hatte langes, blondes Haar, und sie trank ein Glas Rotwein.

Keiner der Sklaven näherte sich dieser Frau, doch sie behielten sie stets im Auge. Genau wie die Lederlesben und die Dominas. Iduna im Auge zu behalten, war einfach, denn ihre Haut war so blass, dass sie zu leuchten schien. In der Dunkelheit glühte sie beinahe. Wäre jemand nah genug an Iduna herangekommen, hätte er festgestellt, dass mit ihrer Haut etwas nicht stimmte. Sie schien weder Poren noch Falten zu haben. Die wenigen Menschen aber, die ihr so nahe gekommen waren, hatten sich dann selbst zu sehr in Schwierigkeiten gebracht, als dass sie sich mit den Eigenheiten ihrer Haut befassen konnten. Wohl aber hatten sie bemerkt, dass es schwierig war, Idunas Alter zu schätzen. Niemand hätte sie für ein junges Mädchen gehalten, aber über vierzig war sie auch nicht. Es schien, als würde ihre biologische Uhr nicht nach Menschenjahren laufen.

„Teddy!", sagte Göttin Domina mit rauchiger Stimme. „Hier, meine Reitgerte!"

„Was?" Einen freudigen Moment lang glaubte er, dass sie ihn bitten würde, sie damit zu schlagen. Dann ließ sie sich zu einer Erklärung herab. „Leg sie hinter die Theke!", blaffte sie und wollte davonstolzieren.

„Domina!"

Gereizt kam sie zurück. Teddy hielt ihr die Gerte hin. „Ich hab hier hinten keinen Platz dafür." Er sagte es in schroffem Ton und begann dann, Gläser hochzuheben und darunter zu wischen.

Iduna lächelte. Ihr Rohrstock mit dem rotschwarzen Ledergriff war ordentlich im Fach über Teddys Flaschen verstaut, zusammen mit einer Handvoll weiterer Utensilien anderer Herrinnen, die er respektierte und verehrte. Teddy wäre froh gewesen, auch Kerry diesen Service anbieten zu dürfen, doch sie gab nie eine ihrer Peitschen aus der Hand.

Und dann bemerkte Iduna, dass die Show, die Gil seinem Freund versprochen hatte, bereits im Gange war. Kerry hatte ein Bier bestellt und stand mit dem Rücken zur Tanzfläche, einen Fuß auf die umlaufende Barstrebe gestützt. Sie trank mit äußerster Konzentration, wie ein durstiges Tier. Sie schien nichts anderes mehr wahrzunehmen als das Bier, das ihr die Kehle hinunterrann. Doch als ein großer, unbeholfen wirkender Mann auf sie zutapste, fuhr sie herum und fauchte ihn an, bevor er sie berühren konnte. Das Geräusch war unheimlich. Es waren zwar keine Worte, aber man hätte völlig verrückt sein müssen, um nicht zu begreifen, dass es hieß: „Bleib, wo du bist – oder du wirst dafür bezahlen!" Kein Wunder, dass er von ihr wegsprang. Göttin Domina aber machte sich über ihn lustig, und Iduna dachte: Na toll, jetzt wird er wütend werden und etwas beweisen müssen.

„Bill. So heiße ich“, sagte er deutlich und hielt Kerry seine große Hand hin. Die schaute darauf, als wäre die Hand lepös. Eine lange Stille folgte. Sie musterte ihn durch ihre verspiegelte Sonnenbrille. Keine Regung verriet, was sie dachte. Iduna indessen betrachtete liebevoll Kerrys volle Lippen und die beiden kaum wahrnehmbaren Wölbungen über den Eckzähnen. Sie war sich sicher, dass niemand sonst diese winzigen Unregelmäßigkeiten bemerkte oder auch nur ahnte, dass es zwei Stellen gab, an denen sich Kerrys Lippen nicht ganz schlossen.

„Kann ich dir irgendwie helfen?“, sagte die Lederfrau schließlich. Sie sprach sanft, jedes Wort kam langsam und deutlich. Das war keine Frage. O je, stöhnte Iduna innerlich auf, Massaker-Alarm, Massaker-Alarm!

„Na ja, hab echt keine Ahnung, was'n kleines Ding wie du für mich tun könnte“, sagte er gedehnt. Einer von außerhalb, dachte Iduna. Aber das war keine Entschuldigung. Sie war selbst fremd hier, und sie wusste es besser.

Kerry lächelte. Auf ihrem Gesicht besagte dieser Ausdruck jedoch das Gegenteil.

Der Trottel redete weiter: „Ich könnt wetten, du hinterlässt nich ma 'n Kratzer bei mir.“ Er gluckste. „Wär Zeitverschwendung, echt. Musst wissen, ich steck 'ne Menge weg. Würd nur ungern so 'n zartes Schneckchen wie dich brüskiän. Du bist doch 'n Schneckchen, oder?“

Und dann verkündete dieser Idiot seinen eigenen Urteilsspruch: „Ich kann echt alles wegstecken, was du auf Lager hast, Schwester.“

Es genügte ein einziger gezielter Tritt, und er lag am Boden. Iduna war die Einzige, die der Schnelligkeit des Stiefels folgen konnte. Einmal unten, blieb er auch dort liegen, und Kerry stieß ihn in die Richtung, wo sie ihn haben wollte. Jedes Mal, wenn die Metallspitze ihres Stiefels seinen Hintern oder die Rippen traf, gab es ein knirschendes Geräusch. Sie trieb ihn zu einer großen Leiter, die in einer Ecke der Tanzfläche stand. Dann setzte sie den Stiefel auf seinen Nacken und drückte ihn flach zu Boden. Sie beugte sich herab, um mit ihm zu sprechen. Was sie ihm sagte, ließ ihn bewegungslos verharren, dann zitterte er und verbarg seinen Kopf unter den Armen. Schließlich zog sie ihn hoch – hob ihn tatsächlich mit einer Hand vom Boden – und stellte ihn mit dem Gesicht zur Leiter.

Die Spiegelfacetten der Discokugel warfen eine schwindelerregende Kaskade farbiger Lichter über die Szenerie. Die Kugel war eine Erinnerung an andere Nächte der Woche. Nächte, in denen hier Discomusik lief und wo sie einer der Spezialeffekte war. Der Club trug dann einen anderen Namen und war ein Ort für Stino-Swinger. Doch Kerry, die eine Meisterin ihres Fachs war, ließ sich nicht ablenken. Sie wusste, dass man diese verpönte Kunst wo immer möglich ausüben und alles Kitschige und Schmuddlige einfach ignorieren musste – oder lernen musste, das Schmutzige und Schäbige zu lieben, weil man dadurch zur Elite gehörte.

Sie befahl ihm, das Hemd auszuziehen und nach einer Sprosse, weit über seinem Kopf, zu greifen. So stand er vor ihr, ausgestreckt bis auf die Zehenspitzen. Dann stellte sie ihm eine Frage, die nur Iduna hören konnte.

„Nee“, sagte er laut. „Ich brauch keine Fesseln.“ Iduna und Teddy teilten ein kurzes, verächtliches Lachen. Selbst ein Spulwurm war lernfähiger.

Sogar Howard richtete sich auf und sah interessiert zu, als Kerry anfing, Bills Rücken mit einem kurzen Flogger aus Wildleder zu bearbeiten. An ihrem Gürtel hatte er unscheinbar und harmlos ausgesehen, in ihrer Hand aber wurde er zur Waffe. Sie schwang ihn so ungeheuer schnell, dass es keinen wahrnehmbaren Unterschied mehr zwischen dem Sirren in der Luft und dem Klatschen auf der Haut gab. Es war ein einziger, durchgängiger, Unheil verkündender Ton, ein Solo, das sich zu einem Duett erweiterte, als der Mann zu schreien begann. Dennoch ließ er nicht los. Gil beugte sich zu Howard herüber und flüsterte, dass er schon manchen an dieser Stelle hatte abbrechen und die Bühne verlassen sehen. Howard war zwar immer noch skeptisch, aber nicht mehr ganz so ablehnend.

Alle schauten zu. Das war es nun mal, was man im Club machte, wenn jemand an seinen kalten, schwitzenden Händen hing und sich eine Züchtigung abholte. Einschränkend muss man sagen, dass nicht jeder davon begeistert war. Morgen Nacht schon würde es überall heißen, Kerry hätte jemanden fast umgebracht. Ernster SM war nicht sehr beliebt bei den meisten Anhängern leichter Fessel- und Disziplinspiele. Wenn man nicht gerade Schmerz als solchen mochte, Schmerz um seiner selbst willen, war es schwierig zu verstehen, dass wohlüberlegt ausgeteilter, kontrollierter Schmerz eine eigene heftige Lust in sich barg.

Iduna rutschte auf ihrem Barhocker hin und her und öffnete ihre Beine so, dass die Holzkante sich gegen ihr Geschlecht drückte. Teddy warf ihr einen kurzen Blick zu und lächelte, als er ihre geröteten Wangen sah, dann ließ er die Hand über seine Erektion gleiten. Es war lange her, dass Kerry und er miteinander gespielt hatten. Sie war lange nicht hier gewesen. Vielleicht könnte Iduna ihn für einen Moment hinter der Theke ablösen?

Unterdessen war Kerry zu dem längeren Flogger übergegangen. Dieser war nicht aus Wildleder, und an seinen Enden saßen Knoten. Bills breiter Rücken bestand jetzt aus einer Vielzahl gleichmäßig platzierter Striemen. Kerry tänzelte hinter ihm von einer Seite auf die andere, behände wie eine Katze, kaltblütig und präzise. Er schrie pausenlos und wand sich hin und her. Dass er die Leiter jederzeit loslassen könnte, schien er vergessen zu haben.

Iduna trank einen Schluck Wein und dachte: Wie köstlich … Es bräuchte nur noch einen kurzen, gezielten Hieb, und die Haut würde aufplatzen. Und genau das war es, was Kerry (die jetzt die geschwänzte Katze mit den geflochtenen Enden schwang) auch tat. Neun schmale Riemen pfiffen durch die Luft, und die Haut sprang auf, riss und blutete. Kerry verlagerte ihr Gewicht auf die andere Seite und wiederholte die Bewegung andersherum, platzierte kreuz und quer neue Striemen über den ersten.

Als der erste Schlag ihn blutig traf, ließ Bill die Leiter los und drehte sich um, doch die Frau hinter ihm war zu schnell und brachte ihm noch ein Dutzend Mal neun purpurglitzernde Striemen bei, jedes dieser blutigen Kleinode im perfekten Abstand zum nächsten. Dann erst gelang es ihm, beiseite zu springen. Als er sich ihr zuwandte und sie ansah, peitschte sie ihn einfach weiter, weit ausholend, traf seine Schultern, wechselte dann die Richtung, und die Hiebe landeten hart auf seiner Brust. Die Striemen waren sofort sichtbar, selbst in dem Schummerlicht des Clubs.

„Gott", hörte Iduna Howard sagen. „Das ist ein bisschen krank." Gil seufzte wieder.

„Es tut mir leid!", schrie Bill und ließ sich auf den dreckigen Zementboden fallen. „Aufhören bitte. Bitte aufhören!" Kerry riss den Arm zurück, und der halb ausgeführte Schlag endete an ihrem Bauch.

Er kam zu ihr zurückgekrochen und versuchte, ihre Hand zu erreichen. Obwohl er ein Fremder war, musste er doch genug über Kerry gehört haben, um zu wissen, dass sie einigen Auserwählten unter ihren Opfern erlaubte, ihren Ring zu küssen. Iduna aber war klar, dass ihm diese Ehre niemals zuteil würde, nicht einmal, nachdem er so eine Züchtigung hingenommen hatte. Er hatte versprochen, *alles* zu ertragen, hatte dann aber versucht zu entkommen. Kerry mochte es nicht, wenn sie sich bewegten, geschweige denn, versuchten zu entkommen.

Tatsächlich beendete ein Stiefel in seinem Gesicht seine Bemühungen, und seine Besitzerin nahm ihre silberne Sonnenbrille ab, um ihm einen kalten Blick zuzuwerfen, der seinen winselnden Mund verstummen ließ. Das hatte fast schon etwas Komisches, weil sie ihm dabei nicht ins Gesicht sah. Sie sah nur auf das Blut, das unaufhörlich in dünnen Rinnsalen auf den Boden floss. Als er zu einer weiteren Tirade tränenreicher Entschuldigungen ansetzte, machte sie auf dem Absatz kehrt, ging Richtung Tür und steckte die blutbefleckte Katze zurück neben ihre Gefährten.

„Scheiße", sagte Teddy und knallte sein Bierglas auf die Theke. Er drehte sich um und wollte sich bei Iduna beklagen, doch die saß nicht mehr an ihrem Platz.

Kerry war alles andere als begeistert, als sie zwischen Garderobe und Ausgang aufgehalten wurde. Aber da stand sie: ihre selbsternannte Voyeurin, mit einem Weinglas in der Hand. Sie war durchaus eine aufreizende Erscheinung, diese vollbusige, sehr bleiche Frau in ihrem schwarzen Kleid, aber sie war im Weg und störte. Und dann begann sie auch noch, unverschämt zu werden. Sie hob das Glas an die Lippen, trank und ließ einen halben Schluck aus dem Mundwinkel herauslaufen. Das Rot war eine winzige Spur zu kräftig, sonst hätte man glauben können, dieses dünne Rinnsal dort, diese wenigen Tropfen, die an ihren Lippen hingen, seien Blut.

Kerry knurrte und wich ärgerlich zur Seite aus, um vorbeizukommen, und am liebsten hätte sie die Frau, die dieses seltsame Schauspiel für sie inszeniert hatte, weggestoßen. Ein Mann, der sich so verhalten hätte, hätte wahrscheinlich mit einem gebrochenen Kiefer für sein schlechtes Benehmen bezahlt. Sie war jedoch bekannt für ihre Ritterlichkeit. Sie fand, dass das zu den Regeln gehörte, die jeder ernsthafte SM-Anhänger (gleich welchen Geschlechts) befolgen sollte. Sollten die Frauen sich mit ihren weiblichen Tricks, Launen und Intrigen behelfen. Sie wollte damit nichts zu tun haben.

Kerrys Überzeugung frustrierte viele Masochistinnen aus der Szene, die es etwas härter mochten: Sie ließ sich nur schwer dazu überreden, Frauen wie Fleisch zu behandeln. Nur Männer hatten gewöhnlich dieses Pech – oder Glück. In ihrer arroganten Gleichgültigkeit der undurchsichtigen Psyche von Frauen und deren manipulativen Spielchen gegenüber hatte sie es versäumt herauszufinden, wer diese unverschämte Blondine (die sie zweifellos schon öfter gesehen hatte) eigentlich war. Ignoranz war ein Segen, doch nur selten war es einem vergönnt, in diesem glücklichen Zustand zu verweilen.

Nur drei Blocks weiter, etwas näher zum Hafen, gab es einen anderen Club: das *Roissy*. Dorthin zog es Kerry jetzt. Die Peitschen schwangen an ihrer Hüfte, die Messerscheide stieß gegen ihr Kreuz, und ihre Stiefelabsätze legten ein befriedigendes Tempo auf dem Asphalt vor, einen Rhythmus, der ihr bewies, dass sie in Bewegung war, vorankam, dass sie wegkam von diesen dünnen, scharlachroten Bächen, diesem Geruch nach Leben, bei dem ihr das Wasser im Mund zusammenlief und der Kiefer zu schmerzen begann.

Sie spürte sofort, dass sie verfolgt wurde. Es war auch nicht schwer herauszufinden, dass die Person hinter ihr Pfennigabsätze trug. Deshalb wusste sie, wer ihr hinterherkam. Nur das Warum beunruhigte sie. Allerdings amüsierte sie die Vorstellung, dass eine Person auf Pfennigabsätzen mit einer in Stiefeln Schritt halten (geschweige denn, sie einholen und mit ihr kämpfen) könnte.

Sie bog in eine Gasse ein und dachte: Mal sehen, ob die Schlampe, nur um mich einmal aus der Nähe zu sehen, auch ins Dunkle kommt und durch Müll- und Schuttberge stakst. Außerdem war es eine Abkürzung zum *Roissy*.

Überraschung! Dort, am Ende der Gasse, stand ihre Verfolgerin. Irgendwie hatte sie sie überholt und versperrte ihr erneut den Weg. Sie trug einen Umhang aus Satin mit rotem

Futter, und ein plötzlicher Windstoß (völlig untypisch für diese Jahreszeit) hob ihn an und breitete ihn aus, sodass er wie Schwingen um sie herumwehte. Obwohl es keine Straßenlaternen gab und der Mond nicht zu sehen war, schimmerten ihre Brüste wie Alabaster.

Gleich als sie bemerkt hatte, dass sie verfolgt wurde, hatte Kerry nach Stiefel und Gürtel gegriffen und ihre Messer gelockert. Dabei traute sie ihrer Gegnerin eigentlich nicht wirklich viel zu. Sie hatte auch nicht ernsthaft vor, die Klingen gegen die Frau einzusetzen. Sie war sich sicher, dass sie sie, wenn nötig, auch mit bloßen Händen überwältigen konnte. Doch es war unwahrscheinlich, dass es dazu kommen würde. Nein, die Klingen waren für andere bestimmt, für Stärkere und Gefährlichere, für die, die ihren Weg kreuzen und ihr kleines Tête-à-Tête stören könnten.

Stille strömte in den Raum zwischen ihnen, füllte ihn, quoll über und wurde zu Sprache.

„Warum läufst du weg?“, hauchte die Frau in dem schwarzen Kleid, dessen rote Flammen sie umspielten. Sie war sich ihrer selbst sehr sicher.

„Wovon zum Teufel redest du?“, blaffte Kerry überrascht zurück. Dann biss sie sich auf die Zunge und bedauerte, nicht den Mund gehalten zu haben. Sie wusste, dass die andere über sie lachen würde.

Und sie tat es. Es war ein sattes Lachen – voller privatem Vergnügen und geheimem Wissen. Es war zwar nicht höhnisch, aber allzu vertraulich. Es brachte sie dazu, diese aufdringliche Blondine zu hassen, an deren Namen sie sich nur zu gern erinnert hätte, um sie besser beleidigen zu können.

„Seit Monaten hast du nichts mehr zu dir genommen. Du lässt zwar immer noch Blut fließen, aber du erlaubst dir nicht, davon zu kosten.“

Diesmal blieb Kerry still, legte die Hand an den Dolch und achtete darauf, dass die andere nicht näher kam. Das Blut rauschte in ihren Ohren, und Kerry war sich nicht sicher, ob sie ihre eigene Stimme überhaupt hören könnte, wenn sie jetzt sprechen würde. Allmählich beschlich sie das Gefühl, dass das Schlimmste, was ihr passieren konnte, gerade eintrat. Das war wohl kaum ein fairer Preis dafür, es einem lächerlichen kleinen Wichtigtuer heimgezahlt zu haben.

„Ich schätze, ich bin die Einzige, die es bemerkt hat. Denn es gehört schon so sehr zu deinem Ruf, dass du eine Vorliebe dafür hast, jemanden mit der neunschwänzigen Katze zu bearbeiten, bis die Wände und die unschuldigen Zuschauer mit Blut bespritzt sind, und den heißen, klebrigen, salzigen Treibstoff für Herz, Lungen und Hirn mit der Klinge aus dem Körper zu befreien. Und das Entsetzen der Leute darüber ist so groß, dass ihnen entgangen ist, dass du die Lippen nicht mehr an die Wunde legst. Dass du nicht mehr trinkst, was du befreit hast. Dass du die Klinge nicht mehr mit der Zunge ableckst. Nur ich. Ich hab es bemerkt. Und ich frage mich, was der Grund dafür ist. Würdest du es mir verraten?"

Die Lederfrau schüttelte den Kopf so heftig, dass es wehtun musste.

Die hatte Nerven! Was sollten sie beide schon miteinander zu bereden haben? Sie schuldete niemandem eine Erklärung. „Bleib, wo du bist!", sagte sie und ignorierte Idunas Frage.

„Ich bin nicht hier, um dich anzugreifen!" Der Tonfall verriet verletztes Überraschtsein. „Ich werde auch nicht ohne Erlaubnis näher kommen. Ich möchte mich nur ein wenig unterhalten. Vielleicht möchte ich dich ja ein wenig bei mir haben – irgendwann später, wenn wir uns besser kennen. Aber ich verspreche, ich werde mich keinen Schritt von hier wegbewegen, egal, was passiert."

Was sollte das? Sagte eine Domina, die sich einmal unterwerfen wollte, auf diese verrückte Weise: „Komm schon"? Kerry hatte schon öfter solche Angebote bekommen. Vielleicht wurde sie ja langsam paranoid. Aber wenn ihre Vermutung richtig war, dann brauchte es eine eindeutige Bitte der anderen. Das gehörte zu ihren persönlichen Grundsätzen. Schließlich wäre es eine Beleidigung, einer Kollegin ein derartiges Verlangen zu unterstellen. Und so beobachteten sie einander in erneuter Stille, taxierten sich, nahmen sich ins Visier.

Wie die meisten Frauen konnte auch die Blonde nicht lange ruhig bleiben. Kerry wappnete sich, als dieser hurenrot geschminkte Mund mit seiner schwellenden Unterlippe sich öffnete. Die Frau aber sagte nur: „Ich bin dir so schnell nachgelaufen, dass ich meine Zigaretten in der Bar hab liegen lassen. Hättest du vielleicht eine?"

Aus der Brusttasche des Lederhemds wurde eine Schachtel herausgezogen und flog in Idunas Richtung. Kurz darauf folgte ein silbernes Feuerzeug. Sie fing beides mit derselben Hand auf, nahm sich eine Zigarette, zündete sie an und warf Schachtel und Feuerzeug zurück. Beides wurde gefangen und in die Tasche zurückgesteckt. Kerry wartete zwei Herzschläge lang, dann gab sie nach, fischte beides wieder heraus und steckte sich selbst eine Zigarette an. Iduna lächelte. Es war ein kleiner Triumph, ein winziger Sieg, dass sie beide hier standen und diesen allerkleinsten gemeinsamen Nenner teilten – eine stille Zigarette in einer dunklen Gasse, während sich im Augenwinkel die Ratten gegenseitig ihre seit Generationen überlieferten Geschichten erzählten, die vom Müllfressen und Menschenkinderquälen handelten, vom zarten Fleisch der eigenen Kinder und davon, wie man seine Mutter vögelt.

Rauch kringelte sich um Idunas Finger, als sie das Gespräch wieder aufnahm: „Ich hab die Geschichten über dich verfolgt, seit ich in der Stadt bin. Genau genommen sind es diese Geschichten gewesen, die mich erst hierher geführt haben." Kerry nickte nur kurz dazu und akzeptierte es als den ihr zustehenden Tribut. „Ich hab all die Geschichten über dich gesammelt, überprüft, was möglich war, und meine eigenen Beobachtungen angestellt. Ich bin immer an Legenden interessiert, selbst wenn die Menschen, um die sich diese Legenden ranken, keine mythischen Dimensionen erreichen. Doch als ich festgestellt habe, wie außergewöhnlich du *wirklich* bist, hab ich angefangen, deine Spuren äußerst sorgfältig zu verfolgen. Soweit ich weiß, war James deine letzte … sollten wir sagen befriedigende Erfahrung? Das klingt ein bisschen weniger kalt, als ihn als Mahlzeit zu bezeichnen. Nach dem, was er erzählt, hast du ihn gefesselt, ein Skalpell genommen, damit eine Arterie an seinem Oberschenkel freigelegt und sie an zwei Stellen halb abgebunden. Dann hast du sie zwischen den Knoten aufgeschlitzt und beinahe einen halben Liter von seinem Blut getrunken, bevor du die Nähte festgezogen und den Schnitt mit Klammerpflastern verschlossen hast. Alles mit seiner Erlaubnis natürlich. Wie er meint, ist dir so viel Blut auf einmal aber nicht gut bekommen. Er könnte natürlich auch halluziniert haben, er war ja kurz davor, das Bewusstsein zu verlieren. Aber das glaube ich nicht. War sein Blut nicht gut? Ist es das, was dich jetzt zurückhält? Eine Angst vor verdorbenem Blut? Vor einer Krankheit vielleicht? Oder war es so viel Blut, dass es immer noch reicht?“

Jetzt wussten beide, wie das Spiel lief, Idunas Frage und die Antwort darauf, und Iduna sah, wie die Spiegelbrille abgenommen und sie selbst von kalten Augen gemustert wurde, Augen, die von Dunkelheit umgeben waren und die sie schon auf sechs verschiedene Arten sterben sahen.

„James“, sagte Kerry rau, „erzählt zu viel.“

„Nur nicht vorschnell urteilen!“, warnte Iduna, lächelte dann und blies Rauch in den mondlosen Himmel. „Du hättest sicher nicht so lange gelebt, wenn du unüberlegt und leichtsinnig wärst.“

Jetzt war Iduna an der Reihe, ausgelacht zu werden. Nach dem ganzen Geplauder über fremdes Blut war es entsetzlich zu spüren, wie ihr eigenes sich in kalten Schlamm verwandelte, aufhörte, in ihren Adern zu fließen, zu Eis gefror und zerbrechlich wie Glas wurde. Es würde sie von innen in Stücke schneiden, wenn sie sich bewegte.

Andererseits ... Iduna war schon öfter an gefährlichen Plätzen gewesen, und immer hatte sie die Leute, denen sie dort begegnet war, mit Reden hingehalten. Ansonsten hätte sich ihr Leben statt in ein Abenteuer in ein Martyrium verwandelt.

Jetzt sprach Iduna wie zu einer Geliebten, die natürlich die gefährlichste von allen Zuhörern war: „Möchtest du denn nicht wissen, wie ich es herausgefunden habe?" Die Frage war ein Streicheln. Iduna zwang sich, das knappe, widerwillige Nicken abzuwarten, bevor sie weitersprach. „Zunächst einmal ist da dein Name. Er bedeutet *Sohn des Dunklen*." Sie machte eine Pause, um den Satz wirken zu lassen, dann fügte sie freundlich hinzu: „Du hast nicht gefragt, aber ich heiße Iduna. In der nordischen Mythologie ist Iduna die Hüterin der goldenen Äpfel der Unsterblichkeit." In unserem Fall aber, meine Liebste – dachte sie, sagte es aber nicht –, sind diese Äpfel vom leuchtendsten und tiefsten Rot, das man sich nur vorstellen kann.

Kerry zuckte zusammen. Doch Iduna hatte plötzlich Lust darauf, ein bisschen rücksichtslos zu sein. Schließlich war es unhöflich, jemanden zu zwingen, sich selbst vorzustellen.

„Du kannst dir nur schwer dein Alter und deinen Geburtstag merken. Mal sagst du, du bist zweiundzwanzig, mal fünfunddreißig. Bestimmte historische Epochen magst du besonders gern, und wenn du über sie erzählst, passiert es, dass du in die erste Person und ins Präsens verfällst. Du sprichst mehrere Sprachen, aber keine einzige – abgesehen von deinem amerikanischen Englisch – ist zeitgemäß. Ich habe genug Ahnung von Linguistik, um ein Französisch aus dem neunzehnten Jahrhundert zu erkennen. Dein Deutsch wiederum ist voller umgangssprachlicher Ausdrücke aus den dreißiger Jahren. Du behauptest, hier geboren zu sein, aber in keinem der fünf Bezirke New York Citys gibt es eine Geburtsurkunde von dir in den Akten."

Im Zuge ihrer Nachforschungen hatte Iduna auch gleich herausgefunden, wie sie dieses äußerst wichtige Dokument auch für eigene Zwecke fälschen konnte. Du brauchst jemanden, der dir hilft, dachte sie im Stillen. Es war gefährlich, aus der Zeit zu fallen.

„Du scheust das Licht. Nicht mal der beleuchtete Bereich an der Bar, wo all die anderen SM-Tops stehen und posieren, gefällt dir. Du wartest im Schatten auf deine Opfer. Du verfügst über außergewöhnliche Kräfte, bist übernatürlich schnell, kannst im Dunkeln sehen und hörst Dinge, die niemand sonst hören kann. Auch dein Geruchssinn ist äußerst scharf. Ich habe ein paar deiner Arbeitsstellen ausfindig machen können, und bei den meisten handelte es sich um solche, wo man leicht an Blut oder Blutprodukte herankommt. Aus mysteriösen Gründen bist du aus all diesen Jobs nach kurzer Zeit entlassen worden, nicht einen hast du für länger behalten. Du hast keinen Sex, hast nie welchen gehabt, zumindest mit keinem, den ich ausfindig machen konnte. Bei deinem Ruf aber ist es doch ziemlich seltsam, dass selbst von denen, die dir schon einmal so nahe waren, dass sie wenigstens etwas hätten erfinden können, niemand behauptet, mit dir geschlafen zu haben."

Kerry schüttelte sich leicht, bevor sie mit großem Abscheu erwiderte: „Sex mit Opfern ist ausgeschlossen."

Iduna ging darüber hinweg. „All dies könnte natürlich auch einfach bedeuten, dass du auf Abenteuer aus bist, eine Lügnerin oder Psychopathin bist, dass du das Risiko liebst, Abstinenzlerin bist oder Hobby-Hämatologin – aber keine dieser Erklärungen scheint mir logisch. Viele Geschichten über … deine Spezies sind nichts als Spinnerei und boshaftes Gerede aus blindem religiösen Eifer heraus, aber ich weiß genug, um nicht zu glauben, dass du vor Kreuzen davonlaufen würdest.

Schließlich ist deine Art weit älter als das Christentum. Außerdem liebst du Knoblauch, und wenn du in einen Spiegel schaust, ist dein Spiegelbild gut sichtbar. Solche plumpen Beweise brauche ich auch gar nicht, um dich als das zu erkennen, was du bist. Du bist ein Raubtier, und der Mensch ist deine natürliche Beute. Der Mensch glaubt gern, dass er selbst das größte Raubtier ist und an der Spitze der Nahrungskette steht. Er schlummert friedlich in seinem Glauben, dass keiner ihn belauert. Und nur die tiefe Sehnsucht danach, diese Illusion aufrechtzuerhalten, hält die Leute davon ab, dich wirklich zu erkennen, vor dir wegzurennen und sich dabei die Seele aus dem Leib zu schreien."

Ein Grinsen, passend zum Totenkopf auf ihrem Cap, erschien auf Kerrys Gesicht. „Nun ja – die Leute rennen aber schreiend vor mir weg."

„Ja, wenn du deine Maske fallen lässt und dich zu erkennen gibst. Dann schreien sie und rennen weg, wenn sie können."

„Du hast aber nicht geschrien oder versucht wegzurennen. Du bist mir gefolgt, Iduna."

Ihr eigener Name in Kerrys kaltem Tonfall ließ Iduna erschauern.

„Vielleicht weil ich, trotz aller Indizien, die ich gesammelt habe, noch immer nicht sicher bin, wer oder was du wirklich bist. Und es gibt nur einen Weg für mich, um sicher sein zu können, oder?" Sie legte die Hände an ihr Mieder und berührte den rubinroten Schädel. „Dieses Kleid hat ein eingearbeitetes Korsett, sehr altertümlich, nach einem Modell aus dem siebzehnten Jahrhundert", sagte sie. „Die Jacke verdeckt die Schnürbänder, sodass kaum jemand es bemerkt. An der Vorderseite verläuft ein Stab. Das war die früheste Form, ein Korsett zu versteifen, musst du wissen. Mein Korsettstab ist jedoch etwas ganz Besonderes." Sie zog eine sehr schmale Klinge zwischen ihren Brüsten hervor. Der grinsende Edelstein war ihr Knauf.

Noch bevor die Klinge vollständig herausgezogen war, hielt Kerry ein Messer in der Hand, bereit, es auch einzusetzen. Iduna ignorierte es, klemmte das dünne Metall zwischen die Zähne und zog ihre Jacke aus. Die langen Ärmel waren ziemlich eng, und sie musste das verdammte Ding linksherum drehen, um herauszukommen.

„Hast du je auf meine Venen geachtet?“, fragte sie. „Wahrscheinlich nicht. Du hast mich nicht auf die Art beobachtet wie ich dich, und ich zeige nicht viel Haut in den Clubs. Ich mag es, mein Dekolleté zu zeigen und sonst nichts, nicht mal die Unterarme oder die Waden.“

Kerry starrte auf ihr Dekolleté. Iduna war sich durchaus bewusst, dass sie einen vollen Busen hatte. Sie amüsierte sich immer über die Männer und Frauen, die davon so gefesselt waren, dass sie mehr mit ihrem Busen als mit ihr sprachen. In gewisser Hinsicht war das sogar angemessen, denn Brüste standen symbolisch für Fürsorge und Nahrung. Die Nahrung aber, die ich gebe, dachte sie, ist keine Milch, sondern ein ganz anderer Körpersaft.

Sie setzte ihren detailverliebten und verwirrenden Monolog fort: „Meine Haut ist sehr blass, fast durchscheinend. Sie sieht zart aus, heilt aber sehr schnell. Meine Venen liegen dicht unter der Haut, leicht zugänglich. Siehst du, wie prall und blau sie sind? Blut zu spenden, war nie ein Problem für mich. Kaum ist die Nadel drin, spritzt es schon heraus. Kinderleicht.“

Sie tippte mit der Messerspitze auf ihrem Handgelenk herum, streichelte dann die Armbeuge damit. „Alles, was es bräuchte, wäre ein bisschen Druck, und wir hätten eine kleine Fontäne. Eine scharlachrote Fontäne, die auf die schmutzige Erde regnet, völlig vergeudet, es sei denn … es sei denn, jemand hätte Verwendung dafür. Würde die Tropfen mit dem Mund auffangen, bevor sie zu Boden fallen. Auffangen und trinken und Lebenskraft daraus ziehen. Sie Zunge und Gaumen umspielen lassen und mir das Aroma beschreiben. Sie schlucken und schlucken, als könnte er nie genug davon bekommen. Siehst du, mein Puls schlägt genau hier."

Der ausgestreckte Arm blieb ruhig, zitterte nicht. Sie drückte die glänzende Schneide gegen alte Narben, die an der Vene entlangführten, fest genug, um einen Abdruck zu hinterlassen, aber ohne die Haut aufzuschlitzen. Der Anblick ließ Kerrys lederbedeckte Hüfte zucken, nur ein einziges Mal, doch Iduna bemerkte es und war augenblicklich erregt. Wie interessant, eine reflexhafte Reaktion an dieser Stelle zu sehen, im Schritt, nicht einfach nur im Kiefer oder in den Händen. Was für Möglichkeiten das eröffnete ... Doch die Worte, die dann folgten, zerstörten ihre erotischen Fantasien.

„Du wirst verbluten, wenn du dich dort schneidest", sagte Kerry. Sie hätte genauso gut eine Bemerkung über das Wetter oder die Uhrzeit machen können.

„Aber willst du es denn nicht? Brauchst du es nicht? Würdest du nicht gern riechen, wie es durch die Luft regnet? Der Wind kommt aus meiner Richtung. Er würde das frische und volle Aroma sofort zu dir herüberwehen."

Die andere schüttelte den Kopf. „Nein."

„Nein?"

„Nein. Warum bist du so überrascht? Selbst wenn diese verrückte Geschichte, die du dir da zusammenfantasiert hast, wahr wäre – du hast doch selbst gesagt, dass ich schon seit Monaten ohne auskomme."

Iduna machte den Fehler zu diskutieren. „Dann muss dein Verlangen gerade jetzt unsäglich sein. Du musst durstig sein. Ohne Blut wirst du zwar nicht sterben, aber du wirst dich sicher ein wenig schwach fühlen. Etwas weniger kraftvoll als normal, nicht ganz so lebhaft. Verwirrt. Frustriert. Kaputt."

Noch nie hatte jemand Iduna so aufmerksam zugehört, während gleichzeitig ein Ausdruck vollkommener Gleichgültigkeit auf seinem Gesicht lag. So viel Widerstand hatte sie nicht erwartet. Ihre Beute aufzuspüren, war viel leichter gewesen als das hier. Offenbar reichte es nicht aus, Kerry die Pulsadern anzubieten. Vielleicht fanden diese Wesen Narben abstoßend? Womöglich hatten sie einen Wärmesensor, so wie Klapperschlangen? Sie fragte sich, ob Narben in der heißen Aura, von der die Haut durchströmt war, vielleicht wie kalte Bahnen wirkten, was diese Person im Vergleich zu einer mit makellosem Körper weniger attraktiv machte. Vielleicht war dieses Wesen hier einfach wählerisch und mochte keine alten Narben öffnen, weil es für sie so war, wie aus einem benutzten Glas zu trinken?

Iduna tastete sich noch einmal vor, suchte die Schwachstelle, den wunden Punkt, den Moment, an dem alles kippen würde. „Ziehst du Männer vor, ist es vielleicht das? Weil Frauen schwächer sind, kleiner, viel zu schnell geleert? Andererseits – ich hab noch nicht gehört, dass du jemanden blutlos und tot zurückgelassen hättest. Ich weiß, dass die meisten von euch nicht so viel Blut brauchen, wie die Geschichten behaupten. Allzu viele dieser Legenden handeln von den Unvernünftigen und Gefräßigen, von solchen, die so maßlos und selbstsüchtig sind, dass sie geschnappt werden. Oder von solchen, die bedauerlicherweise von nichts anderem als menschlichem Blut leben können. – Warum versagst du dir diesen Genuss?“ Sie wagte es, Mitleid in ihre Stimme schleichen zu lassen. „Was für eine enorme Selbstkontrolle musst du nur entwickelt haben. Wie unglaublich gut musst du darin geworden sein, dauerhaft auf Entzug zu leben. Hast du deshalb nach James aufgehört? Um dir zu beweisen, dass du es auch ohne schaffst, wenn du musst? Aber das ist jetzt nicht mehr nötig. Du sollst mich haben. Ich möchte es so.“

Das versteinerte Gesicht ihres Gegenübers schien zu sagen: ‚Gib dir keine Mühe, mich zu ködern. Nicht mal in tausend Jahren würdest du verstehen, wer ich bin, wo ich mich aufgehalten habe und was das Leben mir angetan hat.‘

Iduna verzweifelte. Sie ließ den Kopf hängen, und beinahe verspürte Kerry Mitleid mit ihr. Doch dann kam Iduna plötzlich ein Gedanke: „Oder ist es so, dass du deine Lebenskraft eigentlich lieber aus einer Frau heraussaugen möchtest? Sie in den Armen halten möchtest, ihr die Kehle mit den Zähnen aufschlitzen und ungeduldig hinunterschlucken willst, was dann aus deinen Mundwinkeln hervorquillt? Und trotzdem weigerst du dich, mich zu nehmen. Hast du Angst davor, dass du es zu sehr genießen könntest? Weil es dich dann immer wieder danach verlangen würde? Hast du Angst, die Kontrolle zu verlieren, wenn du bekommen würdest, was du wirklich willst?"

Die Kampfeshaltung und der eisige Ausdruck der anderen blieben unverändert. Nur die Luft zwischen ihnen fing an, sich zu bewegen, summte wie eine Hochspannungsleitung. Sie roch nach Ozon und schien dem Mitternachtsblau eine noch tiefere Färbung zu verleihen.

Jetzt oder nie! Dies war der Moment, der über den Ausgang der Jagd entscheiden würde. Iduna starrte in Kerrys Augen, die hinter der verspiegelten Fliegerbrille verborgen waren, und nutzte das winzige Spiegelbild von sich, um ihre Hand zu führen und zwei Schnitte an der Stelle zu setzen, wo ihre Brüste sich trafen. Ein kleines „V", das sich in ihren Ausschnitt einpasste. Das Blut begann sofort zu fließen. Sie legte die Hände um ihre Brüste und drückte sie noch fester zusammen, als das Korsett es vermochte, damit das Blut sich sammeln und eine Lache bilden konnte.

Sie wusste, dass sie schön war wie nie zuvor: mit zurückgelegtem Kopf, während ein leichter Wind die Fülle ihres lockigen, blonden Haars neu ordnete, mit dieser weißen Kehle, den entblößten Schultern und Brüsten und dem Blutfaden, dessen Rot in der Dunkelheit vom Ebenholzschwarz ihres Kleides kaum zu unterscheiden war.

Einen Moment lang glaubte sie, ihre Gegnerin wäre verschwunden, denn plötzlich stand sie nicht mehr dort, wo sie noch eben gewesen war. Dann aber spürte sie, wie muskulöse Hände sie am Rücken packten. Klauen bogen sie zurück und hielten sie fest. Eine Zunge begann, begierig zwischen ihren Brüsten zu lecken, doch was sie dort fand, war schnell verbraucht. Dann bissen scharfe Zähne zu, und warme, weiche, starke Lippen schlossen sich darum und fingen an zu saugen.

Der Schmerz verschwand in dem Moment, als sich Idunas Blut mit dem Speichel der anderen vermischte. Während sie trinken, dachte sie schläfrig, fühlt man natürlich keinen Schmerz. Evolutionär betrachtet ist das ein gemeinsam erworbenes Anpassungsmerkmal …

Die Hände bewegten sich zu ihren Brüsten und begannen, sie zu kneten, wie Katzen, die Milch treten, und Iduna wand sich unter der Lust, die sie plötzlich überkam. Offenbar bewegte sie sich zu stark, denn eine Hand ließ ihre Brust los und griff ihr ins Haar. Stahlfinger hielten sie in einem perfekten Bogen zurückgebeugt, während die blutende Stelle, straff gespannt, ganz oben lag: Ein Festmahl zum Reinbeißen.

Iduna konnte ihr eigenes Blut riechen. Obwohl ihr übel davon wurde, war es trotzdem befriedigend, wirkte vertraut und tröstlich. Frisches Blut hatte zwar einen angenehmeren Geruch als Menstruationsblut, aber Bluten tat immer gut, egal auf welche Weise. Der Körper über ihr bewegte sich krampfartig, achtete nur auf das, was sie ihm zu bieten hatte, und sorgte dafür, dass sie auf keinen Fall flüchtete. Nicht bevor sie ihn zufriedengestellt hatte, gesättigt, allen Durst gestillt.

Sie war sich ihres in der linken Brust schlagenden Herzens schmerzhaft bewusst und begriff, dass es diese Brust war, die von der brutalen Hand immer weiter gemolken und gequetscht wurde, als wollte sie verhindern, dass das Herz zu pumpen aufhörte, als wollte sie seinen Inhalt direkt in diesen aufgesperrten und mit Rasierklingen bestückten Rachen hineinpressen.

Iduna glitt auf den Schotter hinab, und sofort ließ die Hand ihre Brust los. Ein starker Arm zwängte sich zwischen ihre Beine hindurch, und die Hand schob sich zu ihrem Kreuz hoch und hielt sie, wie eine Mutter ihr Kind halten würde. An dem glitschigen Gefühl in ihrem Höschen, das an Kerrys Lederärmel gepresst war, erkannte sie, dass sie nass war dort unten, genauso nass wie der Mund, der von ihr trank. Ihre Angreiferin hatte das offenbar auch bemerkt, denn sie zerriss ihr den Slip, riss ihn mit ihren Krallen buchstäblich in Fetzen. Und dann wurde sie bis zum Bersten gestopft, wurde schrecklich weit geöffnet, viel zu sehr gedehnt und von der Wucht des Vögelns fast in die Luft gehoben. Es tat so lange und so sehr weh, dass sie kam … kam, selbst als die Eckzähne eine weitere Furche durch die beiden Schnitte zogen und Kerry neues Blut aus der vertieften Wunde trank. Welche Penetration war es, die sie zum Orgasmus trieb? Sie wusste es nicht.

Am Ende wurde sie hochgehoben und hin- und hergewiegt. Normalerweise haben Erwachsene nicht mehr das Glück, diesen kindlichen Genuss wiederzuerleben. Nicht einmal sie hatte geahnt, wie stark Kerry wirklich war.

Ein Gesicht kam dicht an ihres – vertraut waren seine wölfischen Züge, ungewohnt der Ausdruck von Frieden darin. Die Zähne in diesem Lächeln waren blutbefleckt, die Zunge gewölbt. Der Mund kam näher, Idunas Lippen öffneten sich, eine Zunge drang ein und gab ihr von ihrem eigenen Blut zu trinken. Sie küssten sich durch das Blut hindurch, schluckten es aber nicht hinunter. Sie ließen es zwischen sich wandern, um es zu schmecken, damit zu spielen und es so lange wie möglich zu genießen, bis sich in ihren Mündern so viel Speichel angesammelt hatte, dass sie es hinunterschlucken oder übers Kinn herablaufen lassen mussten. Dann beugte sich Kerry hinab, holte mehr und bot ihr wieder davon an. Dieses Mal stürzte Iduna sich darauf, schnappte danach und zerrte an den Lippen, die das Blut in ihren eigenen Mund tröpfeln ließen. Jetzt gab es auch Worte zwischen den Küssen, Worte wie: „Sei vorsichtig! Bist du wirklich sicher, dass du etwas von *meinem* Blut willst?“

Iduna weinte fast vor Freude. Also war es Liebe. Oder zumindest Verlangen – das Verlangen, sie sich zu erhalten, damit sie für eine weitere Mahlzeit zur Verfügung stand. Sie wusste, dass die Untoten ihre Opfer nur aus Gleichgültigkeit oder Rachgier zu ihresgleichen machten, zu unsterblichen Raubtieren, wertlos für sie und unberührbar. Als die Leidenschaft sie wieder ergriff, achtete Iduna darauf, nicht in die Lippen oder die Zunge der anderen zu beißen.

„Nimm mich mit“, flüsterte sie, und die, die sie hielt, fragte weder wann noch wohin, sondern trug sie lautlos auf schwarzen Flügeln davon.

Wir sehr sie es vermisst hatte, auf diese Weise gehalten zu werden. Mühelos und fest umschlungen von etwas, das weit mächtiger war als sie selbst, derart mächtig, dass es unnötig war, sich über das Ziel Gedanken zu machen oder darüber, was passieren würde, waren sie erst einmal dort angekommen. Das Gift, das verhinderte, dass ihr Blut gerann und die Wunde sich schließen konnte, hatte jetzt in ihren Venen zu singen begonnen und ließ sie Farben hinter ihren geschlossenen Lidern sehen, wärmte sie innerlich, entspannte sie und schärfte gleichzeitig all ihre Sinne.

Kein anderes Mittel konnte diesen Zustand aus Ekstase und Ruhe hervorrufen. Iduna musste es schließlich wissen. Sie hatte lange genug nach einer Ersatzdroge gesucht. Ihre Schenkel zitterten vor Verlangen danach, geöffnet zu werden, und die Arme, die sie umschlungen hielten, zogen sie enger, und obwohl sie ihr wehtaten, beruhigten sie sie.

Die Last in ihren Armen, die für sie keine war, löste Verwirrung in Kerry aus. Sie fühlte sich angeekelt von sich selbst, hoffnungsvoll und furchtbar ängstlich. Widersprüche konnte sie nur schwer aushalten, die hielten sie zu sehr auf, machten sie wütend. Sie hatte sich der Versuchung hingegeben. Das war eine gefährliche Schwäche. Sie hatte ihr Geheimnis nicht bewahrt, was nur bedeuten konnte, dass sie unvorsichtig gewesen war. Wenn eine Frau es geschafft hatte, sie auszuspionieren, würde es auch jemand anderes können. Hinzu kam noch, dass sie diese Spionin nicht sofort getötet hatte. Das war auf jeden Fall ein Fehler gewesen. Sie hatte die Regeln gebrochen. Es gab kein Zurück. Es war Zeit für eine neue Metamorphose, einen neuen Schlaf, ein neues Jahrzehnt, einen neuen Namen.

Doch dieses Blut, das Blut von … von wem bloß? … wie hieß sie noch? … Iduna … Idunas Blut hatte gut geschmeckt. Nie zuvor war es ihr so verführerisch gereicht worden, mit so viel Drängen und Entschlossenheit, nie zuvor hatte sie das Gefühl gehabt, dass es mit Freude weitergegeben wurde. Aber konnte es tatsächlich möglich sein, dass die andere, während Kerry ihren Durst an ihr stillte, die gleiche Lust wie sie dabei empfand? Der Gedanke beunruhigte sie, obwohl sie so oft davon geträumt und sich danach gesehnt hatte. Jetzt drängte es sie natürlich nach Wiederholung, was sie maßlos ärgerte.

Könnte noch mehr Lebenssaft aus dieser Quelle fließen, noch mehr Lust? Oder würde die Frau schweißnass aus Angst vor dem Tod und dem Bösen erwachen? Würde sie Ekel empfinden bei dem Gedanken an das, was sie getan hatte? Würde sie plötzlich nichts mehr davon wissen wollen und ihr Entsetzen in die Welt hinausschreien?

Warum bot ihr eine Sterbliche, die zu wissen glaubte, was sie tat, Blut an? Konnte denn jemand, der nicht zu Kerrys Spezies gehörte, überhaupt begreifen, was das für sie bedeutete? Ob je einer ihrer Artgenossen etwas Derartiges erlebt, sich je diese Fragen gestellt hatte? Vielleicht sollte sie einfach zulassen, dass ihre eigenen Venen geöffnet wurden, dass sie für einen Augenblick selbst zur Beute wurde, und sollte aus diesem drallen Ding eine von ihnen machen, eine, die sie hassen würde. Doch diese Vorstellung löste zu viel Scham aus, Feindseligkeit und Begehren (ja, Begehren), um lange ertragen werden zu können. *Was hatte sie nur getan?*

Sie wickelte den Mantel fester um Iduna, um die Kälte, diese unsichtbaren Finger des Windes, fernzuhalten. Sie zog ihre frisch aufgebrochene Quelle dicht an die Brust, trug sie weiter, tiefer in die Dunkelheit hinein. Der Adlerhorst lag noch weit entfernt. Das Biest stöhnte, wand sich und entblößte ihre Kehle. Es würde schwer werden, sie nicht völlig leerzutrinken, bevor es dämmerte. *Was hatte sie nur getan?*

Iduna, die sich geborgen und sicher in den nicht menschlichen Armen fühlte und mit den Fingern an der noch immer sacht blutenden Wunde herumspielte, gab sich ihren Gedanken hin: *Nach der langen Jagd, dem verzweifelten Suchen, nach all den Jahren der Entbehrung, des Alleinseins und der Traurigkeit, wo es keine Flügel gab, die mich beschützten, keine scharfen Zähne in einem der Münder, die mich geküsst haben – hab ich dich nun endlich. Du bist kein Traum, keine Einbildung. Und jetzt, mein Juwel, meine Teure, mein Lord, werde ich dich zu meiner Geliebten machen. Ich sehe alles ganz deutlich vor mir. Deine Kraft und deinen Zauber und auch, dass ich eines Tages sterben werde, während du unsterblich bleibst.*

Diese seltene und schöne Kreatur konnte gar nicht wissen, wie glücklich sie sie machen, wie sehr sie ihr Leben verändern würde. Vielleicht würde Iduna nie erfahren, was Kerry wirklich für sie empfand, schon allein deshalb, weil diese ihren eigenen Gefühlen gegenüber so ignorant war. Idunas erster Geliebter, der fast Vergessene, so Bedürftige und doch Mächtige, war genauso gewesen. Kerry schien jünger als er, weniger erfahren. Doch Kerry würde sie immer brauchen, Iduna und ihr süßes Blut. Evolutionär betrachtet war es ein gemeinsam erworbenes Anpassungsmerkmal. Und Iduna wusste, wie sie ihr Blut auf besonders verführerische Weise anbieten konnte. Schließlich war sie durch eine gute Schule gegangen.

Wie alt bist du, dachte Iduna, und wie alt bin ich? Wirst du dir je die Mühe machen, mir die Fragen zu stellen, die ich selbst mir zu deiner Spezies über all die zahllosen, einsamen, rastlosen Jahre hinweg gestellt habe? Kann mein Blut – so wertvoll es auch für mich selbst sein mag – all das Wunderbare und das Glück, das ich in deiner Gegenwart verspüre, aufwiegen?

Sie legte eine Hand in den Nacken ihrer Entführerin und streckte die andere nach der Ledernaht aus, die Kerrys Geschlecht betonte, hochschob und teilte. Die Rundungen drückten sich wie ein voller Pfirsich in ihre Hand und rieben sich begierig an ihrer Handfläche. Kerry stieß den gleichen Laut aus, mit dem sie den Mann im *Fegefeuer* davor gewarnt hatte, ihr zu nahe zu kommen, doch Iduna lächelte nur. Enthaltsamkeit ist die Mutter schamloser Begierde.

„Vielleicht ist Sex nach allem, was passiert ist, ja doch nicht ausgeschlossen", sagte der Vampir.

Quellennachweise

„Das Modell sollte Dolly heißen“, Originaltitel: „Dolly“, aus: *No Mercy*, Alyson Publications, Los Angeles, 2000

„Scharlachrot und silbern“, Originaltitel: „Blood and Silver“, aus: *No Mercy*, Alyson Publications, Los Angeles, 2000

„Die Geschichte der Bo“, Originaltitel: „What Girls Are Made Of“, aus: *Melting Point*, Alyson Publications, Los Angeles, 1993

„Clarissas letzte Nacht“, Originaltitel: „The Finishing School“, aus: *Macho Sluts*, Alyson Publications, Boston, 1988

„Durst“, Originaltitel: „The Vampire“, aus: *Macho Sluts*, Alyson Publications, Boston, 1988

Die Übersetzerinnen

Antje Wagner, 1974 in Lutherstadt Wittenberg geboren, studierte deutsche und amerikanische Literatur- und Kulturwissenschaften in Potsdam und Manchester. Sie ist Autorin mehrerer Romane und Erzählbände, u.a. *Hinter dem Schlaf* (2005) *Mottenlicht* (2003) und *Die Gärten bist du* (2003). Ihr neuer Roman *Unland* wurde mit dem „Feuergriffel" ausgezeichnet und erscheint im Herbst 2009.

Manuela Lachmann, 1970 in Mecklenburg geboren, studierte Slavistik, Informatik und Psychologie in Potsdam und Rostow-am-Don. Sie hat über mehrere Jahre in verschiedenen ostdeutschen Städten schwul-lesbische Filmfestivals organisiert. Sie lebt und arbeitet in Potsdam und übersetzt u.a. russische Spielfilme ins Deutsche.